유영하는 빛들 속에

당신과 함께,

화유안. ˅

먼 빛들

먼 빛들

지은이 **처유안**
펴낸이 **임상진**
펴낸곳 **(주)넥서스**

초판 1쇄 인쇄 2023년 11월 15일
초판 1쇄 발행 2023년 11월 20일

출판신고 1992년 4월 3일 제311-2002-2호
주소 10880 경기도 파주시 지목로 5
전화 (02)330-5500 팩스 (02)330-5555

ISBN 979-11-6683-686-2 03810

www.nexusbook.com

먼 빛들

최유안 연작소설

&

차례

일러두기

- 이 책은 기본적인 교정 규칙을 따랐으나, 작가 특유의 글맛을 살리고자 일부 비표
  준어 표현을 허용했습니다.
- 이 책에 등장하는 지명과 인물은 특정한 지명 및 인물을 의미하지 않는 가상임을
  밝혀 둡니다.

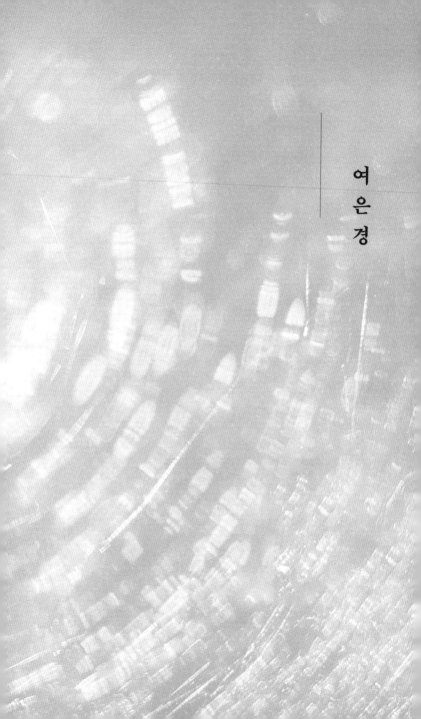

여
은
경

숨을 들이켜자 소연한 햇살이 몸 안을 깊이 파고들었다. 조가비와 은붙이가 기하학적으로 뒤엉킨 모양의 기다란 귀걸이가 찰랑였다. 눈앞에 학교 정문부터 안쪽으로 일렬로 늘어선 플라타너스가 한눈에 들어왔다. 빗발이 머츰해진 공기 사이로 재잘대는 목소리들이 퍼져 나갔다.

대학 캠퍼스는 싱그럽지 않기가 더 힘든 법이었다. 청춘의 시간을 켜켜이 쌓은 공간이 만들어 내는 공기, 젊음을 영양분처럼 섭취하며 살아가는 교직원들. 은경은 캠퍼스에 들어설 때마다 그런 생각을 하며 숨을 깊이 들이쉬어 활기를 몸 안에 한껏 채워 넣곤 했다.

몇 주 전까지 자신의 일터였던 미국의 대학뿐 아니라

세계 어디에서든 대학 캠퍼스에서라면 안온한 마음이 절로 일었다. 여행지에서조차 그랬다. 낯선 도시의 공항에 도착하면 은경은 먼저 그 도시에 있는 가장 큰 캠퍼스를 습관처럼 찾았다. 지도에 블랙홀처럼 빨려가듯 나타나곤 하는 곳, 바로 그곳이 대학일 확률이 가장 높았다. 텅 빈 것처럼 보이는 그 공간은 자주 도시의 핵심이자 지식의 보고였다. 미국의 대학이든 한국의 대학이든 다를 것은 없을 거라고, 은경은 내심 마음을 다독이고 있었다.

은경에게 캠퍼스는 그 도시와 국가의 앞날을 보여 주는 예언서 같았다. 그런 생각은 캠퍼스 문 앞에서 가장 잘 드러났다. 달뜬 표정으로 재잘거리며 지나가는 학생들의 표정, 활기와 초록으로 감긴 캠퍼스의 풍경. 그 모습을 대할 때마다 은경은 국가와 인류의 미래가 그곳에서 시작된다는 믿음을 비밀처럼 품었다. 학교 내외부에 자리한 식당에서 파는 대중적이고 전형적이며 맛있고 값싼 음식들. 질 좋은 문구와 커피. 은경은 그런 것들을 가까이하며 캠퍼스 곳곳을 살피는 것이 매번 즐거웠다.

법과대학 2호관은 모차르트 거리라고 불리는 구불구

불하고 구릉진 언덕—미국에서 은경이 일했던 대학의 동쪽에 있는 작은 정원의 애칭 역시 베토벤 숲이었다는 걸 새삼 떠올려 보자면, 어째서 세계 어디를 가도 캠퍼스에는 모차르트 아니면 베토벤 같은 애칭이 붙은 곳이 있는 건지 도무지 알 수가 없다.—을 올라야 나타났다. 세월의 흔적이 고스란히 묻어 있는 그 건물의 행정실은 1층 현관에서 왼쪽으로 꺾어 보이는 복도의 가장 끝에 있었다.

일하는 실루엣들이 보이는 반투명한 문을 열자 직원 여덟 명 정도가 상주할 크기의 행정실 공간이 눈에 들어왔다. 열린 문에 누구도 이렇다 할 반응을 보이지 않았다. 학생들과 교직원들이 수시로 지나다니는 문이니 불특정 다수에게 무분별한 환대를 보낼 수는 없는 일이었다.

은경은 눅눅한 공기 속에 볼품없이 서 있다가, 천천히 발을 뻗어 그 안으로 들어가, 가장 끝자리에 이런저런 민원에 이골이 났을 것 같은 직원 앞에 섰다. 그는 이제 막 통화를 끝내고 한숨 돌리는 중이었다.

"저, 안녕하세요."

직원은 은경을 흘낏 바라보더니 고개를 숙였다. 그 직원 뒤로 다른 직원이 와서 은경에게 물었다.

"뭐, 도와드릴까요?"

무덤덤하고 궁금한 것 없는 목소리였다.

"저는 여은경이라고 하고요."

안쪽에 앉아 있던 직원 한 명이 벌떡 일어나더니 은경이 있는 쪽으로 다가왔다. 낯선 사람에게 모두 별 관심을 보이지 않는 것 같았는데, 그는 은경의 이름을 듣자마자 누구라는 걸 정확하게 아는 것 같았다. 은경에게 다가온 그는 정중하지만 묘하게 고압적인 말투로 물었다.

"교수님, 아니 도대체 왜 연락이 안 되시는 거예요."

은경은 눈을 끔뻑거렸다. 긴머리를 끌어 동그랗게 말아 올린 앳된 얼굴의 여자였다. 여자는 본인 소개조차 하지 않은 채 미간을 찌푸리며 뾰로통한 표정으로 은경을 바라보고 있었다. 저 사람에게 연락을 받은 적이 있던가.

"제가…… 연락이 안 됩니까?"

"이메일은 물론이고, 전화도 문자도 도통 안 되시고."

여기서 '연락'이 전화나 문자와 관련된 거라면 은경도 할 말이 없지 않았다. 교수 공채 때 지원서에 써 넣은 전화번호는 미국에서 사용한 것이었을 테고, 합격 통보와 함께 학교에서 겨우 두 달의 이동 시간을 주었으니 은경으로서는 미국의 상황을 정리하느라 혼이 빠지는 줄 알았으며, 그 사이에 미국 전화를 친구에게 정리해 달라고 하고선 한국으로 왔고, 한국 번호는 오랫동안 없었다. 이런 상황을 미리 학교가 인지하고 있었다면 한국의 비상 연락망 정도는 따로 물었어야 하고, 예측조차 할 수 없는 비상 상황이 일어났다면 비상 연락망으로라도 연락해야 했으며, 그런 시도도 없이 연락을 두어 번 했는데 그게 잘 안 되더라는 이유로, 그것을 마치 은경이 절대 연락이 안 되는 사람처럼 말하는 것은, 부당했다.

여자는 답답하다는 듯 날카롭고 신경질적인 목소리로 다시 물었다. '교수님'이라고 꼬박꼬박 불러 주는 데도 나빠진 기분이 좋아지지 않았다.

"교수님, 카톡 없으세요?"

"네, 미국에서는 쓸 일이 없어서요."

카톡은 미국에서도 매일 썼다. 공식적인 연락에 쓰는 메신저가 아니었을 뿐. 은경은 그렇게 말해 두곤 노트북 모니터에 떠다니는 카톡 메신저 창을 생각해 냈다. 혹시 그 사실을 알게 되면 욕을 먹으려나.

"무엇 때문에 연락하셨죠?"

"환영식 겸 교수회의가 8월 말에 있는데 참석 가능하신지 여쭤보려고요. 교원 입사 카드도 작성해야 하고요."

"환영식요?"

"네, 교수님 환영식 말이에요."

은경은 여자의 말에 정말 놀랐다. 당사자가 입사하기도 전에 서프라이즈 파티 같은 거라도 한다는 말인 건지. 게다가 8월 말에는 가족여행이 계획되어 있었다. 한국으로 돌아온 은경이 부모님께 제안한 거였다.

"제가 못 간다고 하면 어떻게 되는 거예요?"

직원은 커다란 눈을 끔뻑이며 말했다.

"그러시면…… 안 되죠."

은경은 직원과 눈을 마주쳤다. 이것이 바로 폭력이라는 생각에,—상대가 이것을 폭력으로 인지하지 못한다는 사실에—온몸이 화끈거렸다. 학기가 시작하기 10일 전인 지금 여기에 들르지 않았다면 어떤 일이 생겼을까, 학교 행정이 이렇게나 주먹구구로 운영되는 건가.

"일단 알겠습니다."

직원이 바깥으로 빠져나오며 은경을 안내했다. 마침 어제 오후에 은경의 연구실에 가구가 들어왔으니, 확인도 할 겸 4층으로 함께 가서 살펴보자는 거였다.

은경의 휴대폰에 진동이 울린 건 그때였다. 통화와 문자 기능만 있는 피처폰이었는데, 통화와 문자가 휴대폰의 가장 중대하고 유일한 임무라는 은경의 신조에 따라 애플의 천국 미국에서조차 한번 바뀌 본 적 없는 물건이었다. 은경의 옆에서 은경이 꺼내는 휴대폰을 본 직원이 헛웃음 치는 소리가 났다. 그가 지적하거나 비꼬는 상황이 아니었는데도, 이상하게 그 웃음소리가 거슬렸다. '카톡은 무슨', 하는 비웃음 같았다. 메신저를 쓰지 않는다고 그런 대접을 받아 본 건 처음이었다.

전화는 어머니에게서 오는 중이었다. 은경은 복도 중간에 있는 문밖으로 나갔다.

"응, 엄마."

"은경아, 너 왜 전화를 안 받아?"

은경은 직원 쪽을 흘깃 바라봤다. 마음이 어딘가에 쫓기는 것 같았다.

"너 우리 고서동 살 때 약국 딸 기억나? 규미 말이야."

"기억이 잘 안 나는데. 약국은 기억나. 규현 약국?"

"그래. 규미랑 현미 이름 섞어서 만든 거야. 그 약국네 딸 규미가 너랑 동갑이었는데. 이번에 걔네가 캐나다로 이민을 간대. 규미 아이가 공부를 워낙 잘해서 한국에 두기 아깝다고 캐나다 무슨 영재 학교인가를 보낸다는데."

은경은 눈을 질끈 감았다. 직원은 몸을 돌린 채 전화하는 은경을 기다리고 있었고. 지금 온 이 전화가 그렇게 썩 급한 종류의 것은 아닌 게 확실하고. 은경이 한국에 들어오면서부터 은경의 부모는 어딘가 묘망한 흥분 상태에 빠져 있고.

"엄마. 요지가 뭐야?"

목소리가 생각보다 신경질적으로 나갔다.

"아, 너 바쁘니?"

"지금은 좀 그래."

"그래……."

짧은 대답 뒤에 이어지는 어머니의 침묵에 은경은 마음이 가라앉아 톤을 누그러뜨렸다.

"말해. 근데 요지만."

"약국이 하도 자랑하니까, 느이 아빠가 참다 참다 못해 우리 은경이 이번에 대학교수 됐다고 자랑하더라고."

뒷골이 빳빳해져 고개를 들어올렸다.

"대학교수 처음 하나."

"교수도 미국에서 하는 것보다 한국에서 하는 게 더 실감 나지."

은경은 피식 소리가 나게 웃었다. 하찮은 문장이라는 말은 아니었는데 상대방은 그렇게 느낄 수 있을 것 같아 뱉고 나서야 아차 싶었다. 은경의 어머니가 말을 이었다.

"미국에 있는 잘 알지도 못하는 대학에서 일하는 것보다는 한국에서 그래도 어디에 붙어 있는지 모두 아는 대학이 우리한테 더 좋은 면이 있다는 거야."

고개를 돌렸더니 직원이 기다리는 모습이 언뜻 눈에 띄었다.

"알겠어. 엄마. 일단 이따 집에서 봐."

"그래. 바쁜데 미안해."

은경은 통화를 마치고 복도를 지나치는 학생 몇을 바라보며 옅은 숨을 쉬었다. 엄마의 어투에서 고스란히 전해지는 묘한 설렘과 안도의 자긍심. 그 모든 신호를 몽따듯 뭉개 버리는 것 같아 죄책감이 들었다. 미국에 사는 동안에도 제대로 연락해 주지 않던 은경이었으니 부모는 이번 차에 은경과의 관계를 재설정하고 싶은 것인지도 몰랐다. 은경 역시 한국으로 돌아오면서 부모와 좀 더 친해져 보기로 마음먹었던 차였다. 그러니 엄마의 미안하다는 말은 은경을 더 미안하게 만들었다. 엄마가 하는 말을 소소하고 별것 아닌 문장인 것처럼 치부되게 만드는 나쁜 역할을 자신이 맡은 것만 같았다.

물론 부모의 입장에서 그런 생각을 할 수도 있을 거라는 걸 은경은 이해했다. 사위도 없고 손주도 없는, 하나 있는 딸자식이 유일한 자랑거리인 부부에게, 딸이 대학—그러니까 미국에 있는 이름도 모르는 대학보다 확고한 지명을 갖춘 한국에 있는 대학—의 교수가 되었다는 게 어쩌면 너무나 중요한 일이 아닐까 하는 생각이 들었다.

미국에서 사는 동안 가장 마음에 걸렸던 건 아무래도 부모님이었다. 이렇게 미국에서 평생을 살게 되면, 외동인 딸을 두고 외롭게 사실 두 분 마음은 어떻게 헤아리나. 천천히 나이가 들면서 그런 고민은 꽤 실재적으로 변해갔다. 지나온 시간에 쉬운 것은 없었고 그 단계마다 어려움에 봉착하던 기억도 어렴풋이 남아 있지만 어쩐지 지금으로서는 그것들이 다 지나간 꿈처럼 느껴졌다. 지난 것들에 비애나 애정, 분노나 희열, 그 어떤 종류의 감정조차 묻어나지 않는다는 게 얼마나 다행인 일인지 몰랐다. 이 학교의 총장을 만난 지난해 여름 전까지만 해도, 한국으로 돌아오는 것이 은경이 고려했던 선택지에 없던 이유는 뭐였을까.

이제 와 그런 생각을 하다 보니, 오로지 일만 하면서 살던 과거의 시간에 애도가 필요한 것은 아닐까 하는 생각이 들어 문득 마음이 소슬했다. 은경은 직원의 걸음에 맞춰 연구실이 있는 4층으로 올라가는 엘리베이터 안으로 들어갔다.

은경이 속 깊은 곳에 밀어 둔 것은 기대였다. 기대와 그것이 만들어 놓은 이상한 당연함은 가장 순수한 감정들을 더럽히곤 하니까. 갑작스럽게 일터를 바꾸게 되었고 삶의 많은 부분이 변화를 맞이했지만, 사실 인간사 대부분의 일이란 이렇게 갑작스럽게 일어나는 것이니까. 은경은 세상 거의 모든 일이 제멋대로 흘러간다는 것을 인정해 버리면 이렇게 갑작스럽게 찾아오는 변화들을 가볍게 맞이할 수 있을 것 같은 기분이 들었다. 그러니 기대는 잠시 숨겨 두어도 좋았다.

청춘을 온전히 다 보낸 미국에서의 삶도 나쁘지 않았다. 은경은 타국에서 그야말로 최선을 다해 살았다. 수업 시간에 조금이라도 교양 있는 영어를 쓰기 위해 노력했고, 좋은 저널에 논문을 하나라도 더 싣기 위해 매일 밤 연구를 게을리하지 않았다. 동양인이라고 차별받지 않도록, 혼자 산다고 무시받지 않도록. 품위와 예의를 잃지 않으면서, 온몸과 마음으로 쌓아 온 교양과 지식을 무기 삼아, 그렇게 살아왔다. 그래도 조심했다. 기대는 그것을 갖는 사람을 공격하고 파괴하기도 한다는 것을 모르지 않았다.

은경의 연구실은 4층 엘리베이터를 막 나와 오른쪽으로 꺾으면 보이는 두 번째 방이었다. 직원이 문 여는 법을 알려 주는 동안 문 앞 흰색 아크릴판에 쓰인 이름을 물끄러미 바라봤다.

여은경.

한글로 적힌 이름이 아무래도 낯설어 자기 것이 아닌 것 같은 기분도 들었다. 직원이 방문을 열었을 때도 그랬다. 이곳이 앞으로 자신의 공간이 될 거라는 사실, 그 당연한 사실이 무척이나 이질적으로 느껴졌다.

직원은 은경에게 미리 들인 가구들을 간단히 소개해 주었다. 작은 싱크대와 서랍장, 비어 있는 네 개의 5층 책장, 은경이 미리 보낸 책들을 대강 정리해 둔 한 개의 책장. 그곳에 꽂혀 있는 국제법과 통상정책에 관한 책들. 원목의 책상과 체형을 받쳐 주는 검은색 의자. 필요한 소개를 대강 마친 직원이 문제의 환영회 일정을 알려 주고 나간 후에 은경은 창가로 가서 초록이 무성한 캠퍼스를 한참이나 들여다보며 생각했다. 휴대폰을 바꿔야겠다고.

문을 열어 두자 약간의 시차를 두고 주변에 연구실이 있는 교수님들이 찾아와 간단한 인사를 나눴다. 그중에 가장 인상 깊은 인사말은 앞방 교수 김태근으로부터 들었다. 대체 그 좋은 미국 테뉴어를 두고 왜 한국에 들어왔느냐는 거였다. 그렇지 않아도 몸이 좋지 않던 어머니가 나이가 들며 편찮으시기 시작했다는 답에 그는 고개를 끄덕였다. 은경이 그의 끄덕임에 힘을 얻어 조금 더 진심을 담아 이야기해 보았다. 이런 기회에 한국 교육과 미래에 기여할 바가 있다면 좋겠다고.

그 말을 듣고 앞방 교수는 입꼬리를 올리며 웃는 듯 마는 듯 묘한 표정을 지었다. 그 표정이 둘 사이에 이상한 간극을 만들었다. 상황을 피하고 싶어진 은경이 무어라도 말할 거리를 찾았지만, 사실 어떤 말도 침묵에 도움이 될 것 같지는 않았다. 이 순간 그저 가만히, 그의 올라간 입꼬리를 바라보고 있는 것 말고 할 수 있는 것은 없었다.

✦

은경의 부모는 궁금한 것이 많았다. 처음으로 가 본 학교의 인상은 어땠는지, 선배 교수들은 어땠는지, 총장님은 만났는지. 십수 년 동안 혼자 사는 삶에 익숙해진 은경으로서는, 그러니까 모든 것을 혼자 해결할 수 있게 된 그 시점부터 부모님께 의지할 일이 없던 은경으로서는, 이 모든 관심과 질문 세례가 속박으로 느껴졌다. 대답에는 질문이 꼬리를 물었다. 마흔이 넘은 딸은 이미 부모가 쳐 둔 울타리에서 한참이나 멀어졌지만 부모에게 딸은 마흔이 넘었든 일흔이 넘었든 그저 자식의 카테고리 안에 있는 연약한 생명체일 뿐이었다. 은경도 부모의 그런 마음을 이해하지 못하는 건 아니었다.

그러나 부모가 예의를 아는 사람이라면 할 수 없는 질문을 할 때면 과호흡이 이는 것 같았다. 이를테면 그것에 답하고 있는 자신이 모멸감에 차기도 하는 그런 질문과 조언들. 총장님이 너를 예쁘게 봐 주셨으니 학장도 다른 교수들도 너를 질투하곤 할 거다. 그러니까 야무지게 보이는 건 좋지만 사람들에게 못되게 굴면 안 된다. 지역사회라는 게 얼마나 무서운 건 줄 너는 모를 거다.

'예쁘게'. 누가 누굴 예쁘게 봐 준다는 말이 어색한 탓도 있겠지만, 부모의 그 말은 은경의 자존심 끝을 미세하게 건드렸다. 은경의 능력은 그 말과 함께 공기로 빠져나가 보이지도 들리지도 않았다. 자신의 능력에 대한 의심과 불안은 은경을 끊임없이 앞으로 나아가게 했다. 그것은 지루하게 휘갈기는 스스로를 향한 채찍질이었다. 그런

데 이것은, 은경의 노력으로 알알이 쌓은 과거를 한 번에 무너뜨리는, 그런 채찍질.

"아빠. 학교는 내 실력으로 들어간 거야. 어디 가서 그런 말 하지 마. 남들 오해해."

"네 아빠가 설마 남들한테도 그렇게 이야기하고 다니겠니."

아빠를 비호하는 엄마의 말. 곧 이어지는 아버지의 또 다른 말.

"설 총장님 아니었으면 네가 한국에 들어올 기회나 있었겠냐."

그 말을 들은 은경은 하마터면 소리를 좀 더 높일 뻔했다. 기회를 준 건 총장이 아니라 나라고, 내가 결심했고, 결국 내가 지원해서 갖게 된 일자리라고. 어째서 말을 그런 식으로 하느냐고.

은경은 아무 말도 하지 않는다. 대신 밥알을 숟가락으로 떠 입에 넣고 꾹꾹 씹어 댔다. 아버지가 하는 사유의 방식으로 보자면 충분히 그렇게 생각할 수도 있는 일이었다. 모든 것이 운명처럼 벌어진 일이었다. 여기까지 온 것은 정말이지 운명이라고 생각할 수밖에 없는 일들이었으니까. 운명을 해석하는 방법은 너무나 다양하고, 아버지의 궤도에서 운명은 늘 타인에게 기인하곤 하니까.

　지난여름 미국으로 출장 왔던 설기윤 총장은 한국계 최연소로 로스쿨 교수가 된 은경을 만나 보고 싶어 했다. 은경이 국제통상 전공으로 테뉴어 심사를 앞두고 있을 때였다. 로스쿨 동문이 모인 그 자리에 설 총장이 와서 자신을 만나 보고 싶어 한다는 소식을 듣고 은경은 별 뜻 없이 동문회가 진행 중이라는 로스쿨 옆 건물 행사장을 찾았다. 설 총장은 학교의 동문 자격으로, 은경은 학교의 교수 자격으로, 그렇게 둘은 만났다.

　그 만남에서 설 총장은 한국인인 은경이 미국 대학에서 자리를 잡는 모습을 '경이롭다'라고 표현했다.

　"그런 말씀 마세요. 세상에 대단한 사람이 얼마나 많은데요."

　그 말을 들은 설 총장은 은경에게 물었다. 한국이 언제 가장 그리운지, 가족과 친구들은 어디에 주로 사는지. 설기윤이 총장으로 재직하는 대학이 있다는 그 도시가 은경의 고향이며 부모님이 여전히 그곳에 계신다는 이야기를 건넸을 때, 설 총장의 눈동자는 부드럽게 반짝였다. 설 총장의 마지막 말도 은경의 뇌리에 오래 남아 있었다.

"대의를 위해 필요한 것은 결국 사람이지요."

몇 달 후에 설 총장이 직접 연락해 왔다. 자신이 총장으로 있는 학교에 교수 자리가 났는데 넣어 볼 생각이 있냐는 거였다. 설 총장은 그 말을 반복했다. 대의를 위해 필요한 것은 결국 사람이니까요. 은경의 고민은 오래가지 않았다. 미국에서 이름을 알린다는 것에 대한 회의감이, 애초에 굳이 먼 타지를 삶의 터전으로 결정하려 했는지에 대한 의문에 섞여 자주 머릿속에 떠오르기 시작했을 때였다. 작년부터 몸이 부쩍 약해진 어머니를 걱정하는 마음도 일조했다.

타이밍이라는 게 중요한 것들을 어떻게 일순간 바꿔 버리기도 하는지, 지금에 와서 은경은 되묻지 않을 수 없다.

설 총장이 은경을 예뻐하는 건 분명하지만, 그 사실을 질투할 사람들을 조심해야 한다는 아버지의 말을 들었을 때, 은경은 집에서 부모님과 함께 있겠다는 당분간의 계획을 트는 것이 좋겠다고 생각했다. 어차피 학교를 그만두지 않는 이상, 한 도시 안에 살 테니 부모님 뵈러 오는 거야 일주일에 한두 번 저녁 식사 시간 정도면 족하지 않겠냐고, 생각하며 은경은 밥알을 혀로 굴렸다. 은경이 말이 없어지자 은경의 부모도 급격히 말수를 줄였다.

　침묵을 조금 견디던 아버지는 얼마 후 있을 추석 명절을 어떻게 치러야 좋을지 물었다. 요즘 시장 물가가 얼마나 비싼지, 비싼 물가를 감당할 대책이 있는지, 최근에 들른 공판장 중에서 사과와 배를 싸게 판 곳이 어디었는지 어머니와 간단한 이야기를 나눈 후에, 서둘러 저녁 식사를 마치고 텔레비전이 틀어진 거실로 자리를 옮겨 소파에 앉아 뉴스로 채널을 돌렸다. 아버지의 체중에 매끈한 가죽 소파가 움푹 꺼지는 소리가 들렸다. 점점 커지는 텔레비전 소리, 달그락 윙윙거리는 선풍기 소리, 어머니가 식탁 위에 물컵을 올리며 접시 그릇들이 부딪쳐 쨍그랑거리는 소리. 은경은 그 소리들을 들으며, 내일 당장 학교 근처에 월셋집이라도 알아봐야겠다고 생각했다.

✦

　대부분의 대학교수는 강의가 있는 날이 아니고서야 근무 시간이 정해진 건 아니지만 자의 반 타의 반 일에 얽매여 있다. 교수의 일은 강의와 연구, 행정으로 나뉘는데, 이 세 가지 범주에 끼지 못하는 다른 일도 많은 탓이다.

학생 상담, 신입, 편입, 강사 선발을 위한 각종 서류와 면접 평가 같은 일, 교과목을 만들고 교과 과정을 개정하고 학과의 비전을 만들고 예산을 받아 올 만한 각종 사업을 기획하고 서류를 쓰는 일처럼, 중요도가 낮지 않고 누군가는 반드시 잘해야 하는 일도 많다. 이런 와중에 원하든 원하지 않든 외부 자문이나 교내외 보직을 맡게 되어 있고, 지역사회나 재단, 각종 협회에서 손을 뻗는 일도 드물지 않다. 교수회의 같은 것도 그랬다.

6층에는 각종 세미나실과 회의실이 모여 있었다. 얇은 유리창을 통과한 눅은 빛이 복도 곳곳에 고여 들었다. 높낮이가 서로 다른 세 사람의 목소리가 회의장에서 복도로 새어 나오는 중이었다. 회의실 안에 있는 교수들이었다. 어떻게 인사해야 좋을까 고민하며 회의장으로 들어가는 은경의 뒤로, 은경의 이름을 부르는 목소리가 들렸다. 잘 다린 흰색 와이셔츠에 회색 슬랙스를 입은 그는 은경에게 지내는 데 별 불편함은 없는지 다정히 물으며 세미나실 쪽으로 손을 내밀었다. 단과대 학장 한현제였다.

은경은 학장이 안내하는 대로 회의장 안에 먼저 들어가며 앉아 있던 사람들에게 가볍게 눈인사했다. 신임 교원 환영식에서 만났겠지만, 은경은 그들의 이름은 물론 얼굴도 제대로 기억해 내지 못했다. 각각 헌법, 민법, 모의재판 실무를 전공하는 교수라고 했다. 세 사람 역시 눈치를 보는가 싶더니, 한 사람이 은경에게 인사하며 자리에서 일어나자 그 옆에 있던 다른 한 사람도 일어나 목례하며 은경이 있는 쪽으로 건너왔다. 그들의 움직임에 의자 삐걱거리는 소리가 제각각 들려왔다.

헌법을 전공하는 교수가 왼쪽에, 민법을 전공하는 교수가 오른쪽에 은경을 둘러싸듯 섰다. 그들 중 누군가 은경에게 환영한다 말하자, 다른 사람이 곧 한국까지 오는 데 불편함이 없었는지 물었다. 은경이 대답할 시간을 제대로 주지 않은 채, 세 사람은 이미 잘 안다는 투로 미국 동부에서 한국까지 오는 방법을 이야기하기 시작했다. 환승할 공항으로 어느 곳이 좋은지, 유학 시절 한국에 얼마나 자주 왔었는지, 그때만 해도 미국에서 이런저런 생활용품을 가지고 오곤 했는데 지금은 한국에서 해외 물품 구매하는 게 얼마나 쉬워졌는지. 그런 이야기를 신나게 하다가 문득 앞에 있는 은경이 다시 생각난 것처럼 헌법 전공의 교수가 앞쪽으로 시선을 던지더니 물었다.

"교수님이 법을 전공하지는 않으신 거죠?"

"국제통상을 전공했습니다."

"한국에서 일도 안 해 보셨죠?"

민법 교수가 그렇게 말하며 헌법 교수를 바라봤다. 둘이 속삭이듯 눈빛을 교환하고 있었다.

"네."

은경의 블라우스 자락이 속살에 스쳐 잔소름이 끼쳤다.

"변호사 자격증은 있으세요?"

법과대학에 일하러 오면서 변호사 자격증이라도 있냐고 묻는 것은 좋았는데, 그 말이 마치 여기서 일할 자격이 있느냐고 묻는 것 같아 은경은 괜히 머쓱해졌다.

"뉴욕주에서 받은 자격증이…… 있습니다."

변호사 자격증이 있다는 게 얼마나 다행인지 싶었다. 헌법 교수가 다시 말을 가로막았다.

"아, 뉴욕주. 저번에 우리 학생 중에 뉴욕주에서 또 누가 변호사 자격증을 땄다고 했지?"

이번에는 옆에 서 있기만 하던 민법 교수가 답했다.

"11학번 이성훈이……."

은경은 대답하며 둘이서 눈빛을 나누는 모습을 바라봤다. 그들은 정중했고 은경을 무시하는 단어를 쓰지 않았지만, 은경이 방임한 감정은 순식간에 열등감으로 변질

됐다. '학부만 졸업해도 따는 게 변호사 자격증이야' 그들의 말이 그렇게 들리는 건 순식간이었다.

법과대학에 들어온 통상 전공자, 은경이 불순물이 되는 것은 어쩌면 이미 정해진 일일지 몰랐다. 근대 이래 불완전성을 깨달은 인간이 현상을 전문 영역 안에서 탐구하기로 약속했고, 그것의 결과가 대학의 학문 분과 제도였는데, 너 따위가 뭐길래 쪼개 놓은 칸막이를 넘어 오려고 하느냐고, 그들이 이 자리를 빌어 정중하게 쏘아붙이는 것 같았다.

은경과 대화를 나눈 후에, 그들은 원래 있던 자리로 돌아가 멈췄던 대화를 시작했다. 저들은 무슨 은밀한 대화를 나누기에 저토록 비밀스럽게 속삭이는 걸까. 은경은 그들을 보며 자꾸만 멀리 날아가려는 생각을 붙드느라 애를 먹었다.

그때 품에 A4 자료를 가득 안은 채 회의실로 들어오는 사람이 있었다. 은경에게 연구실을 안내해 준 직원이었다. 그 뚱한 얼굴을 보자 은경은 아직 휴대폰을 바꾸지 않은 것을 생각해 냈고, 그날의 감정이 다시 떠올라 기분이 가라앉았으며, 학장이 직원의 이름을 불렀을 때 귀를 세우고 주의해 들었다.

"나는 자료 필요 없다, 예은아. 머릿속에 다 있거든."

직원이 학장을 올려다보며 환하게 웃었다. 둘은 가볍고 실없는 농담도 주고받았다. 대부분은 교수가 이야기하고 직원이 들었다.

"황예은, 아무리 여기가 좋아도 인마, 얼른 학교를 나가. 세상이 넓은 것도 좀 알고 그래야지, 이 바닥에서만 몇 년째야."

학장의 말을 들으며 은경의 머릿속에 그 직원이 그냥 직원은 아니라는 사실이 입력되었다. 교수님, 아니 도대체 왜 연락이 안 되세요. 그 직원, 아니 그 대학원생이 자신에게 던졌던 말들도 자연스레 따라붙었다. 설마 카톡 없으세요? 은경의 피처폰이 한심하다는 듯 피식거리던 소리와 함께.

참석자들이 더 들어오고 예상했던 수가 대강 맞춰졌는지, 한현제가 가운데 열에 앉아 있던 은경을 불러 일으켜 세웠다. 직원인지 조교인지 대학원생인지 모를 황예은이 나가는 모습도 은경의 눈에 띄었다.

"이번 학기 우리 학교에 부임하신 여은경 교수님입니다. 보스턴에서 공부하시고 시러큐스대에 테뉴어를 받으

신 재원이신데 우리 학교에 어렵게 모셨습니다. 잘 적응
하실 수 있도록 동료 교수님들께서 많이 환영해 주시면
감사하겠습니다."

은경이 꾸벅거리며 인사하자 교수들이 간단하게 손뼉
을 쳐 주었다. 은경을 환영한다기보다 관성이 아닐까 싶
어질 정도로 힘이 빠진 박수 소리였다. 은경을 소개한 후
에는 의논이 필요한 현안들이 회의 주제로 다뤄졌다. 단
과대학 예산 문제, 곧 시작할 단과대학 건물 재정비에 관
련된 문제, 학기 시작 후 진행될 공식 일정 같은 것도 공
지되었다. 내년도 교수 인사 문제, 학생 수 조정 같은 이
슈도 교수들의 의견을 기다리고 있다고 들었다.

은경 역시 논의 내용에 막 관심을 기울이려 했을 때,
누군가 갑자기 소리를 높여 말했다. 아까 은경과 인사를
나눈 헌법 전공 교수였다.

"새로 온 선생님에게까지 벌써 부담을 줄 필요가 있을
까요? 국내 사정도 잘 모르실 텐데, 아직은 행정 일 하는
것도 어려우실 테고. 애쓰지 마시고 뭐 이쯤 적당한 선에
서 여 선생님은 들어가시죠."

은경이 고개를 들어 방금 말을 마친 교수의 얼굴을 올
려다봤다. 마이크를 잡고 있던 한현제 교수가 뒤이어 말

했다.

"여은경 교수님도 이제 우리 일원이시긴 한데."

그러자 헌법 교수가 다시 말을 이었다.

"저도 그 생각해서 드리는 말씀이에요. 첫 학기 때 이 런저런 거 너무 많이 듣기 시작하면 머리만 아프지 좋을 거 뭐 있습니까. 여은경 교수님이 결정하시죠. 교수님 중 에는 여기 계시는 분도 있고 안 계시는 분도 있고, 일부러 안 오시기도 하니까. 교수님도 껄끄러우면 가셔도 좋고요."

뭔가 중요한 이야기가 오고 갈 찰나인 것 같았고, 은 경이 회의실에 있는 것이 하나같이 불편해 보였다.

나서는 게 옳은지, 멈추는 게 옳은지, 어떤 말을 하는 게 옳은지, 알 수 없었다. 이런 종류의 시간은 미국에서도 많았지만, 은경이 스스로를 타인으로 정의했던 문화에서 의 고립은 걱정이나 불편의 정도가 달랐다. 은경은 수수 께끼 같은 그의 말을 품고, 지금의 상황에서 감사하다고 말하고 나가야 좋은 걸지, 그래도 공동체의 일원이니 남 아 있겠다고 말하는 게 좋을지 고민하다가, 회의가 시작 된 뒤에 곧 조용히 자리에서 일어나 회의실을 나왔다. 오 랫동안 외국의 문화에서 살았기에, 알아서 분위기를 읽는 한국의 문화가 이질적으로 느껴지겠거니, 은경은 생각했다.

부재중 전화는 행정실로부터 와 있었다. 은경에게 보내진 물품이 있는데 아직 택배실에 은경의 이름이 없어서 행정실에서 갖고 있다고 했다. 행정실로 내려가 도착한 택배를 찾는 은경의 몸은 괜히 움츠러들었고 은경의 눈은 빠르게 황예은이 있던 자리를 훑었다. 한 직원이 가리키는 곳에는 군청색 한지로 포장된 직사각형 상자와 학교의 로고가 그려진 쇼핑백이 나란히 놓여 있었다. 아마 오늘 오후 정도면 1층 택배실에 택배함이 마련될 거라고, 앞으로 택배는 그곳에서 받으면 된다고, 친절하게 안내하는 직원의 목소리도 들려왔다.

쇼핑백 안에는 원통형 흰색 텀블러가 서류 봉투와 함께 들어 있었다. 봉투에 들어 있는 자료는 대학 생활 안내서였다. 갖춰진 것 없는 연구실에서 종이컵으로 물을 떠먹었던 은경은 우선 텀블러를 꺼내 싱크대에 올려 대강 세척한 후에 복도 정수기에서 찬물을 받아 벌컥 대며 마셨다.

'여교수회'라고 적힌 하얀 스티커가 붙어 있는 포장지를 찢고 직사각형 상자에서 꺼내 든 것은 무선 충전 기능을 갖춘 블루투스 스피커였다. 케이블을 연결하고 전원을 누르자 노란빛이 반짝거렸다. 책상 위에 그것을 올려 두고 안내서를 꺼냈다. 스마트폰이 없는 은경에게는 쓸모 없는 물건이었다. 페어링하면 주황빛으로 변한다는 동그라미 스위치를 켰다 끄기를 여러 번, 은경은 책상에 엎드려 바깥의 하늘을 바라보다가, 조금 후에는 피곤한 기운을 못 이긴 채 소파로 내려왔다. 그러곤 소파 끝에 몸을 한쪽으로 말아 활처럼 드러누운 채 그대로 잠이 들어버렸다.

✦

깨어났을 때는 사위가 깊이 어둑했다. 구두에 새끼발가락이 오래 짓눌린 고통에 이가 절로 으다물렸다. 시간은 새벽 1시를 갓 넘기고 있었다. 책장과 책상을 대강 정리한 후에, 은경은 책 몇 권을 가방에 넣고 밖을 나섰다. 연구실 책상 아래 넣어 두었던 운동화로 신발도 갈아 신었다. 교수회의가 끝난 후에 저녁까지 먹고 올 수도 있다고 이야기해 둔 탓인지 부모님에게서는 아무런 연락이 없었다.

복도는 동굴처럼 어두웠다. 그 속에서 은경이 몇 발자국을 더 걸어갔다. 복도를 걸어, 조금 더 걸어, 느리게 점점 엘리베이터를 향해 갔다.

복도에서 흘러나오는 신음을 들은 것이 그즈음이었다. 엘리베이터 옆 비상계단 어디선가 나오는 소리였는데, 흐릿했지만 의미하는 바가 확실한 소리였다. 은경은 뒤꿈치를 무겁게 바닥으로 밀어내며 걸음을 멈추고 귀를 기울였다. 가만히 다시 들어 봐도 그 소리는 두 사람이 살을 섞을 때 나오는 소리였다. 마른번개가 지나가는 것처럼 현실감을 잃은 머릿속이 삽시간에 환해졌다.

새벽 1시, 교수들이 연구하는 연구동 복도, 이곳에서 이런 소리를 들을 수 있을 거라고는 생각해 본 적 없었다. 아무 일도 아닌 척 계속 걸어서 엘리베이터를 향해 갈 수도 있었지만, 은경은 그러지…… 못했다.

은경도 알았다. 그러지 않은 게 아니고 못 했다. 섹스라니. 얼마 만에 들어 보는 소린가.

결국 복도에 주저앉듯 앉아 버렸다. 숨을 죽인 채 쪼그려 앉아 두 사람이 내는 소리를 들었다. 처음에는 여자가 내는 소리가, 다음에는 남자의 낮은 소리가 터져 나왔다. 그러다가 두 사람이 동시에 짧은 소리를 내지르고 갑자기 멈추었다. 은경의 머릿속에서도 빛이나 폭죽이 터지는 것 같았다. 저걸 할 때 느낌이 어땠더라. 쾌락이든 발

작이든, 그게 무엇이든, 이미 오래전에 잊어버렸던 느낌이 삽시간에 제 앞을 찾아온 느낌이었다. 너무 예상외의 장소라 붕 뜬 미로 속에 갇힌 낯선 기분이 드는 것 말고는, 이상할 게 없었다.

단숨에 침묵이 돌았고 부스럭거리는 소리가 여운처럼 남았다. 어둠 속에서 벌어지는 일들을 은경은 상상했다. 두 사람이 어둠 속에서 옷가지를 추스르고 있는 장면, 한 사람이 다른 사람을 뚫어져라 쳐다보거나, 아니면 입술을 살짝 포개는 장면. 은경은 옅은 미소와 함께 생각을 흘려냈다.

참, 아름답다고.

잠시 후에 은경은 누군가 계단 위쪽으로 올라오는 소리를 들었다. 어차피 이제야 막 들어온 신입을 알 만한 사람이 누가 있겠냐마는, 누가 되었건 지금 여기서 마주쳐서는 서로 곤란하기만 할 일이었다. 은경은 발소리를 최대한 죽이며 걸어 비상계단 반대쪽에 있는 다른 편 복도로 몸을 숨겼다.

아래층에 있던 이 중에 먼저 올라오는 사람이 있었다. 어두운 곳에서 밝은 곳으로 또각또각 하는 소리가 들려올 때마다 은경의 마음이 철렁, 철렁 내려앉았다. 이윽고 불빛이 그의 얼굴을 밝혔을 때, 그 사람이 이미 익숙한 얼굴을 하고 있다는 걸 깨달았다. 긴 다리를 크게 들어 저벅거리며 올라오는 그 사람은, 한현제 교수였다. 다시 은경의 머릿속에 작은 폭죽 같은 게 터졌다. 그러고 보니 학장에 대해 아는 게 없었다.

한현제 교수는 미혼일까? 여자 친구나 아내가 이 시간에 학교에 올 일이 있을까? 학장과 함께 있던 사람은 누굴까. 정말 누굴까. 학장과 계단에서 몸을 나누는 사람이.

그 생각을 하다가 갑자기 좌절감이 밀려왔다. 한현제가 미혼이든 기혼이든, 누구와 섹스하든 말든 은경에게 그게 다 무슨 의미란 말인가. 생각의 끝에 은경은 살며시 웃었다. 잊고 있던 중요한 무언가를 되찾은 기분이 들었다.

무성욕자가 된 건 아니었구나.

은경이 그런 생각을 하는 동안 천천히 복도로 빠져나오는 사람이 있었다. 은경은 처음에 그 사람이 누군지 확인할 마음이 아니었다. 정말 확인할 생각이 아니었는데, 아니었는데. 어차피 모르는 사람이 더 많고, 은경은 이제 갓 들어온 신입이고, 그리고. 그런 생각을 하는 동안 이미 계단에서 빠져나온 그 사람을 보면서 은경은 그대로 아주 잠시 숨이 멎었다.

이게 뭘까. 이게 뭘까. 이게 도대체, 뭘까.

점점 또렷해지기 시작하는 외형이, 그의 상반신과 실루엣이 은경의 눈에 차올랐다. 해가 뜨는 해변에 혼자 서 있는 사람을 관찰하듯, 은경의 눈 안에도 그의 얼굴이 천천히 차올랐다. 이왕 눈이 좇기 시작한 것, 필사적으로 확인하는 듯 은경의 눈동자가 차츰 커졌다. 눈앞에 선 사람의 얼굴을 완벽히 볼 수는 없지만 실루엣의 주인이 누군지는 충분히 가늠할 수 있었다. 황예은이었다.

교수님, 아니 도대체 왜 연락이 안 되세요. 설마 카톡 없으세요?

그 말이 은경의 뒤통수에 때려 박히는 느낌이었다. 교수님, 도대체 왜 연락이 안 되세요. 정신은 어디 놓고 다니시는 거예요. 다소 고압적이며 신경질에 찬 목소리가 무심한 눈빛의 희고 둥근 얼굴로 나타났다. 풀어 헤친 긴 머리카락이 얼굴 위로 자꾸만 감기며 올라가는 중이었다.

어둠 속에 서 있던 황예은과 눈이 마주쳤을 때, 은경은 갑자기 호흡이 멈춘 것 같은 느낌에 소리를 죽이고 숨을 토해 냈다. 불과 10분 전에, 아니 5분 전에 상상하던 상황에 두 사람의 얼굴을 붙여 보았다. 대체 이 느낌은 뭘까. 은경은 단맛이 다 빠진 토끼풀을 질겅거리듯이 치아 사이에 입 안쪽을 넣고 오물거렸다. 내가 겪는 일이 아무래도 이상하게 느껴질 때, 할 수 있는 일이라곤 자신이 이곳에 적응하지 않았음을 깨닫는 것뿐이라는 게, 은경으로서는 절망이었다.

✦

몇 주 동안 지켜본 결과, 한현제와 황예은을 부부나 연인 사이로 생각하는 사람은 없었다. 은경은 누군가에게 넌지시 그 둘의 관계를 물어보기로 작정했다. 이미 은경에게 몇 번 점심을 같이 먹자고 제안했으며, 학교의 잡다한 일에 관해 무심코 이야기를 던져 주곤 하던 앞방 교수 김태근이 어느 날 갑자기 번개 점심을 제안했을 때, 은경은 이때가 바로 기회라고 생각했다.

은경은 쇠그릇에 젓가락을 대고 막국수 가락을 잡아 빙빙 돌리며, 한현제에 대해서도 빙빙 돌려 가며 물었다. 최대한 무심한 표정을 짓고. 물론 별로 궁금할 일도 없지만, 다만 요즘 교수님들이 어떤 가정의 형태를 꾸리며 살고 계시는지 문득 궁금해졌다는 듯. 스스로도 자신에게는 장착되어 있지 않은 걸 아는 능청스러움을 나이와 경험으로 어떻게든 포장해 가면서.

앞방 교수는 대수로운 질문도 아니라는 듯, 한현제의 부인이 아이들과 함께 영국에 있다는 사실을 알려 주었다. 중학교 아이들의 교육도 교육이지만 부인이 원해서 떠난 유학길이라는 거였다. 김태근의 눈썹이 살짝 올라가는 것을 보며 은경은 입술을 끌어올려 웃었다. 막국수는 맵고 짰고 은경은 땀을 약간 흘렸다. 흘린 땀 때문인지 기분 탓인지 주변이 환하고 시원해지는 느낌이었다.

그로부터 이틀 뒤에, 황예은이 은경의 연구실을 찾아왔다. 황예은은 연구실 안에 들어와 책장에 꽂힌 책들을 둘러보더니 은경이 권하는 의자에 한쪽 엉덩이만 걸터앉았다. 은경은 황예은의 움직임을 하나하나 주시하고 있었다. 그날 한밤중에 복도를 미세하게 채우던 소리, 공기, 그날 입고 있던 황예은의 흰색 블라우스 같은 것들이 머릿속에서 꼬리를 물었다. 주스나 차를 마시겠느냐고 묻는 은경에게 황예은이 그런 것은 괜찮고 교수님과 이야기를 나누고 싶어서 왔을 뿐이라고 했을 때, 은경이 얼마나 많은 생각을 했는지 모른다.

"교수님, 얼마 전에 저랑 눈 마주쳤는데 왜 그냥 가셨어요?"

은경은 그렇게 묻는 황예은의 얼굴 앞에 선뜻 어떤 말을 꺼낼 수 없었다. 얼마 전이란 언제를 말하는 건가, 황예은을 처음 만난 날? 회의장에서? 아니면, 내가 아까부터 떠올리고 있는 바로 그 시간?

"지하실 갔다가 올라오던 그 밤에요."

황예은은 태도를 더 분명히 하고 싶다는 듯 표정을 굳히고 허리를 곧게 펴면서 자세를 고쳐 앉았다. 은경은 애써 아무렇지 않은 표정을 지어 보였다.

"그게 예은 씨였어요?"

"그 밤에 연구하고 계시는 줄 몰랐고, 그때 눈을 마주친 후에 교수님하고 이야기해 보려고 했는데, 벌써 연구실을 나가신 후더라고요."

"뭘 하고 있나 보다 했죠."

"그러니까요. 교수님, 그게 정말 이상하지 않아요? 대학원생이 새벽까지 집에 못 가고 있다는 게?"

은경의 귀에 자꾸만 그날 복도에 흐르던 여자의, 아니 황예은의 교성이 들려오는 것 같았다.

"공부에 집중하다 보면 늦어지기도 하니까요. 그런 건

줄 알았어요."

은경의 말에 황예은이 고개를 가로로 세게 저었다.

"그게 아니에요. 그럴 수밖에 없으니까 그런 거라고요."

황예은은 은경을 똑바로 바라봤다. 크고 애틋하고 금방이라도 울먹거릴 것 같은 눈망울이었다.

"저도 매일 밤 학교에 남아 있는 게 지긋지긋해요. 지도교수님 특성과 습관에 따라 뒤치다꺼리를 다 하면서 생활한다고요. 연구단에 행사라도 있으면 스트레스도 심하게 받고요. 그날도 그래서 새벽까지 제가 있는 모습을 보셨고요."

새벽까지 학교에 남아 있던 사정이 일 때문이었다는 걸 강조하고 싶은 건가. 은경은 황예은의 볼에 송송히 돋은 여린 솜털을 가만 들여다봤다. 한편으로 정말 궁금해졌다. 황예은은 무슨 이야기를 하려고 은경을 찾아온 걸까.

"교수님과 이야기를 나누고 싶었어요."

황예은이 제 얼굴을 빤히 들여다보는 은경에게 도전장을 내밀듯 거침없는 말투로 말을 이었다.

"그 후로 혹시나 해서 밤마다 교수님을 여러 번 찾아왔는데, 안 계시더라고요."

황예은이 문장 사이에 숨을 멈출 때마다 은경의 숨도

멈추는 것 같았다. 황예은은 지금 나와 게임을 하자는 건가. 내가 한현제와 무슨 사이이든 말든 그건 너와 관련이 없는 일이고, 나는 너와 더 친한 관계가 되어 보겠다, 이런 게임의 판을 짜 보겠다는 건가.

"교수님은 미국에서 좋은 교육을 많이 받으셨잖아요. 평등이나 사회 정의 같은 것들도요."

"좋을 게 뭐 있나요. 거기나 여기나 비슷하죠."

진심이었다. 모든 경계가 사라진 글로벌 시대에 미국이나 한국이나 학생들이 받는 교육의 질이 다를 이유가 뭐 있나. 은경이 만들어 둔 정적을 흔들어 깨우듯 황예은이 말을 던졌다.

"미국은 한국보다 더 낫겠죠. 특히 이런 부분에 있어서라면요."

황예은은 눈 하나 깜빡이지 않고 말을 이었다.

"저는 오랫동안 우리 대학 교수들의 관료주의에 대해 고발하고 싶었어요."

한껏 단단해진 눈이었다. 지금 말하는 '우리 대학 교수들'이 황예은에게 곰살 맞게 굴던 교수들을 말하는 거라면, 기억나는 게 당연했다. 그런데 은경이 더 또렷하게 기억하는 거라면 교수들의 얼굴보다 황예은의 생글거리던 미소였으니. 그것이 인격 모독의 상황이었다면 은경으로서는 할 말이 별로 없긴 한데. 황예은의 다음 말이 은경을 멈춰 세웠다.

"완전히 새로운 곳에서 여기로 온 교수님이 아니면 한국의 대학원 문화를 깊이 생각하고 함께 고민해 줄 사람이 없어요. 다들 제 살기 바쁘거든요. 저희 학생들, 다들 웃고 있어도, 마음속에는 시꺼멓게 타고 남은 재가 들어 있을걸요."

은경은 처음으로 황예은의 눈빛에 오래 머물렀다. 황예은의 눈망울이나 말투, 대화에 오가는 분위기가 은경으로 하여금 황예은을 이해할 수 있게 도왔다는 게 아니라, 대학원생 황예은의 상황이 다시 보이기 시작했다는 거였다. 돈을 제대로 버는 것도 아니고 미래가 보장되는 것도 아닌 대학원의 애매한 시절을 견디는 것은 당연한 용기와 약간의 자기애와 비애, 자꾸만 따라붙는 낭패감과 끊임없이 싸우는 일이었다.

잊고 있던 은경 자신의 대학원 시절도 떠올랐다. 교수의 권위가 주는 부담, 프로젝트에 끼어들지 못했을 때의 열등감, 잘하고 싶던 날들, 해냈을 때의 허탈함까지도, 은경의 세포 알알이 잔상처럼 남아 있던 것들이었다. 물론

묻고 싶었다. 그래서, 한현제와 너의 관계는 뭔데? 그렇게 묻는 대신 은경은 물었다. 사생활과 관련이 없는, 정당하고 공식적이며 그러고 보니 누군가는 당연히 했어야 할 질문이었다.

"스트레스는 어떻게 풀어요?"

✳

은경이 보기에도 대학원생 황예은은 도맡아 하는 일이 많았다. 면담 이후에 은경은 어디론가 서둘러 가는 황예은의 모습을 흔히 발견할 수 있었다. 황예은이 수업을 듣고 논문을 쓰는 기본적인 학업 말고도 교수 몇 명의 프로젝트 연구생과 단과대 근로 장학생으로까지 이름을 올리고 있다는 것을 알게 된 은경은 두어 번 특별한 일 없이 황예은을 불러 밥을 먹였다. 복도를 지나가면서 만나는 황예은은 점심을 초코파이나 과자로 때우기 일쑤였고, 일부러라도 밥을 먹이지 않으면 곧이라도 쓰러질 것처럼 말라 가고 있었다.

지나가던 황예은을 붙잡아 교수 식당에서 밥을 함께 먹던 날, 은경은 황예은의 얼굴이 눈에 띄게 노랗게 변해

가고 있다고 느꼈다.

"예은 씨는 왜 그렇게나 많은 일을 도맡아 하고 있어요?"

황예은은 우걱우걱 흰밥을 입에 밀어 넣으며 말했다.

"어쩌다가요."

지금 무슨 일을 하느냐는 은경의 말에, 황예은은 헌법 교수의 연구소에서 지출을 정리하고, 학장 오후 스케줄에 맞춰 본부에 다녀왔다가, 수업 과제로 논문을 읽고 발제를 정리한 후에, 저녁에는 민법 교수의 PPT 만들기를 도와야 한다고 말했다. 다른 어떤 사람보다 한현제의 스케줄을 맞추기가 힘든데, 그 이유는 그가 사람들이 잠을 자는 새벽에 일하기를 선호하기 때문이었다. 업무 시간에는 보직에 관련된 일을 해야 하는 그가 밤에 갑자기 나타나 회의를 꾸리는 일도 드물지 않다는 말까지 들었을 때, 은경은 가볍게 입술을 깨물었다.

불륜이 문제가 아니고, 제정신으로 일하지를 못하겠네.

은경은 어째서 싫다고 말하지 않느냐고 물었다. 은경의 질문에 황예은은 모르는 소리 한다는 듯 말했다.

"이런 걸 도맡아 교수님과 친해지는 게 학생들 사이에서는 특권이에요. 밤새도록 일한다 하더라도."

은경이 입술을 모로 세우자 황예은이 말을 덧붙였다.

"날 믿어 주는구나. 이렇게 교수의 신뢰를 얻는구나…… 이런 거라고요."

은경의 표정이 점차 일그러지는 중이었다. 은경은 황예은에게, 그것을 노동권 침해라고 정의한다고, 말해 주려고 했다. 황예은은 은경이 무슨 말을 할 줄 안다는 듯, 고개를 천천히 가로로 저었다. 황예은의 숨소리가 천천히 잦아들고 있었다. 어리숙한 대학원생은 온데간데없고, 낮고 확신에 찬 목소리로 황예은이 말했다.

"대학원생의 미래란 교수가 쥐고 있는 거니까."

은경은 푸석푸석해진 황예은의 얼굴을 다시 한번 바라봤다.

"예은 씨 무섭구나."

황예은도 별다른 대답 없이 은경을 바라보았다. 둘 사이에 침묵이 이어졌다. 은경은 어둠을 통과하며 천천히 빛 가운데로 들어오던 황예은의 실루엣을 떠올려 보려고 애쓰다 멈췄다. 지금 황예은에게 해 주어야 하는 것은 격려일까.

"깨부수는 것이 무섭다면, 그것을 극복해 가야죠. 인류는 한계를 부수며 나아가는 방식으로 천천히 진화해 왔으니까요."

"교수님."

황예은은 불현듯 울컥한 목소리로 말을 이었다.

"어떻게 극복해요. 연구단이나 학교 일 때문에 가끔 날을 새기도 하고요. 논문 읽다 학교에서 자는 일도 많아요. 이러다 죽겠다, 내가 죽으면 끝나겠다, 그런 생각이 드는 날도 있어요. 그런데 뭘 어떻게 극복해요."

은경은 황예은의 말끝에 다른 문장을 잇지 못했다. 직장을 다니는 것도 아니지만 끊임없이 일하는 삶, 제대로 병원에 갈 여유조차 없는 삶, 주체적으로 살아 보려고 대학원에 진학했지만 도리어 가치관을 세우는 일 자체가 요원해진 삶. 그 삶에 은경이 무슨 말을 얹어야 좋을까.

황예은은 한현제와의 관계라든지 그 밤에 있었던 일에 대해 일절 입에 올리지 않았다. 도리어 황예은을 보낸 뒤에 은경이 그날의 텅 빈 동굴 같던 어둠과 허상 같던 신음을 생각해 내려고 애썼다. 천천히 달아오르던 소리, 오르가슴을 맞이해 터져 나오던 여자와 남자의 거친 숨소리. 황예은과 한현제의 관계를 캐묻는 데 어떤 의미가 있는가, 그 질문만 은경의 머릿속에 남았다.

대학원생 노동권에 관한 문제를 학교 윤리위원회에

회부해 보면 어떻겠느냐고 물었을 때 교수들의 반응은 하나같이 냉담했다. 누군가는 전공을 십분 발휘해 이 문제에 대한 자의적 해석의 가능성과 해당 규정의 부재에 대해 몇 번이고 되짚었다. 은경은 교수 연구실마다 찾아가 상황을 설명했다. 대학원생이 겪을 수 있는 여러 부당함에 대해 교수들이 목소리를 높이지 않으면 대학원생들의 복지 문제는 해결되지 않을 거라고 말했다. 우리에게도 대학원생이던 시절이 있지 않았냐는 은경의 질문에 몇몇 교수가 동의의 뜻으로 잠깐 침묵하기도 했다. 그렇게 처음에는 호의적으로 은경을 받아 주는가 싶던 교수도, 은경의 결정적인 질문에는 답을 꺼렸다.

처음에 은경은 그들의 무심함에 화가 났다. 누구든 교수직을 몇 년 하다 보면 스스로 대학원생이던 때를 까마득하게 여기게 되는구나, 교수 사회에 있는 인간들이란 이렇게 폐쇄적이구나 하는 생각이 들었다. 혼자서라도 싸워 내야 한다는 다짐도 하게 되었다.

은경이 교수들의 시원찮은 반응에 얽힌 뒷이야기를 알게 된 건 앞방 김태근 교수의 연구실에서 그것에 관한 대화를 나누고 있을 때였다. 김태근 교수는 은경의 이야기를 끝까지 귀 기울여 들어 주었다. 그러더니 은경의 마지막 말에 눈을 한 번 깊이 끔뻑이며 천장을 바라보고는 숨을 뱉듯 말을 내뱉었다.

"한현제 학장님이 교수님 모셔 오려고 법과대 교수님들을 모아서 회의하며 간청했던 거 알고 계세요?"

그 말에 은경은 이야기를 멈추고 김 교수의 얼굴을 응시했다.

"그랬죠. 여은경 교수님을 모셔 온다고 하면 학교에서 TO를 내준다고 했었으니까요. 단과대마다 본부에서 TO 받아 내는 게 전쟁인데, 그걸 도리어 총장이 지원해 주는 격이었으니까. 그러니까 학장이던 한현제 교수님 입장에서는 교수님을 끌어오려고 노력을 많이 했어요. 교수님이 지금 이렇게 한현제 학장님 반대편에 서면 안 됩니다. 은혜를 몰라보는 거라고."

은경은 숨을 다시 골랐다. 거대한 검은 벽이 눈앞을 가로막는 느낌이었다. 그러자 김태근 교수가 목소리를 더 깊이 낮추며 말했다.

"여기서 교수님이 갑자기 윤리위원회 같은 걸 꾸리겠다고 나서 봐요. 한현제 교수가 뭐가 되겠어요. 미국 물잘 못 먹고 돌아온 극단적 개인주의라고 하겠지. 여기 다

머리 좋고 잘난 사람들 아닙니까. 몇십 년 함께 일할 사이인데 그렇게 관계를 힘들게 만들어서 좋을 게 없어요."

은경은 그 말까지 듣고 생각 많은 얼굴로 잠시 앉아 있다가 그 방을 빠져나왔다. 제 연구실로 와서는 한동안 의자에 앉아 멍하니 책장에 꽂힌 책들을 바라봤다. 일이라는 게 늘 그렇듯 한쪽에서 터 주더라도 다른 쪽에서 막히면 안 되는 것인데, 총장이 터 준 길을 누군가 반대했을 수 있다는 생각을 어째서 한 번도 해 보지 못했던 걸까 싶은 생각도 들었다. 한현제가 아니었으면 은경이 한국에 올 수나 있었을까, 하는 생각도 들었다. 유리창 밖으로 순식간에 회색 구름이 끼어들더니 이윽고 연구실 안으로 깊숙한 어둠이 흘러왔다.

어째서 황예은은 은경을 골랐을까.

은경이 비교적 젊은 교수라서?

은경이 한국의 조직 문화에 익숙하지 않아서?

은경이 그나마 말을 좀 듣는 사람이라서?

은경이…… 만만해서?

황예은은 그런 말을 했었다.

교수님과 이야기를 나누고 싶었어요. 평등이나 사회 정의 같은 것들에 대해서요.

평등이나 사회 정의. 은경은 알다가도 모를 그 단어들에 대해 생각하느라 한동안 자리를 떠나지 못했다.

✦

은경에게는 자신감이 있었다. 학교 밖에서는 직장인으로서 경력을 꾸준히 쌓았고, 진로를 틀어 학교에 들어와서도 열심히 일했다. 타지에서 혼자 일하고 지내며 모르는 새 근육처럼 쌓여 간 것들도 있었다. 전장에 나가 일하지 않으면 쌓을 일 없는 근육. 그것은 은경의 체력을 키우고 살을 단단하게 했다.

설 총장은 말했었다.

대의를 위해 필요한 것은 결국 사람이니까요.

자신감이란 두려움을 극복하는 단계마다 열매 맺히듯 생겨나는 것이었다. 한국의 직장 문화도 그런 단계의 일종이 아닐 리 없었다. 설 총장이 은경에게 이곳에서 일해보는 게 어떻겠냐고 물었던 지난여름부터, 은경의 운명은 이곳에 있었다. 설 총장이 어쩌면 예감했던 게 아닐까. 한국인이지만 미국에서 공부하고 미국의 직장 문화를 겪어본 은경 같은 사람만이 한국의 경직된 조직 문화를 해결할 수 있다고. 다채로운 문화가 몸에 밴 은경이 새로운 조직을 만드는 데 역할을 해 줄 것이라고. 설 총장이 은경을 이곳에 데려다 놓은 이유란, 바로 그런 것 아닐까.

은경은 생각이 정리되자 황예은을 다시 불렀다.

"한현제 교수에게 예은 씨의 24시간이 맞춰져 있다고 했어요. 가장 힘든 점이 어떤 거예요?"

황예은은 잠시 생각에 잠기는 것 같더니 말을 이었다.

"한 교수님은 정말 바쁘시기도 하거든요. 그래서 제가 교수님을 기꺼이 돕는 것도 있죠. 학부생들 출석이나 성적 관리는 물론이고 외부 스케줄 관리도 가끔 해요. 점심 먹는 중에 한 교수님이 부르시면 식사를 끊고 심부름하러 가기도 하고, 교수님 스케줄에 맞추려고 학교 근처로 거처를 옮기고. 그런데 그런 건 괜찮아요. 다른 대학원생들도 그래요. 견딜 수 없는 것도 아니고요."

은경은 그것만으로도 충분히 놀랐다. 그것이 오랫동안 한국의 대학 문화가 지켜 온 관습적인 행동들인지, 아니면 한현제 교수 개인플레이인지 알 수 없다는 점이 마음에 걸렸다. 황예은은 차분하고 건조한 목소리로 말을 이었다.

"가장 견딜 수 없는 점은 저와는 완전히 다른 한현제

교수님의 생활 패턴을 맞추기 위해 제가 늘 대기해야 하는 거예요. 한 교수님은 새벽에 집중력이 좋아 학교에 자주 출몰하시지만 저는 새벽에 그닥 집중력이 좋은 스타일이 아니거든요."

은경은 그 말을 잠자코 듣고 있다가 황예은에게는 거의 들리지 않을 만큼 조용하고 깊이 한숨을 쉬었다.

"교수님은 무엇보다 저의 고뇌를 이해하실 것 같았어요."

은경은 황예은 쪽을 바라봤다. 목소리는 점점 가라앉고 생각은 복잡해져 갔다.

"어째서요?"

"교수님은……."

황예은이 무언가 어려운 말을 한다는 듯 말을 아끼며 천천히 말을 뱉었다.

"여자잖아요."

복도에 교수 몇몇이 함께 지나가는 소리가 들렸다. 그들은 웃으며 이런저런 이야기를 나누는 것 같았는데, 그들의 소리를 들으며 은경이 또렷이 알게 된 사실이 하나 있었다. 그들이 모두 남성이라는 것이었다. 환영식에서도, 교수회의에도, 은경을 제외한 교수는 모두 남성이라는 사실이 갑자기 각인되듯 스쳐 지났다. 설마. 은경은 황예은에게 54명의 교수 중에 여자가 몇 명인지 물었다. 황예은이 여성인 교수님은 단대에 총 네 명이 있다고 말해 주었다. 황예은은 손가락을 하나씩 접으며 입으로 셌다. 곧 퇴직하실 노 교수님, 초등학생 아이가 둘 있는데 애들 병치레가 잦아 병원 셔틀에 열심이라는 교수님, 이제 막 조교수로 임용된 분, 그리고 여은경.

은경은 황예은의 이야기를 듣고 생각에 잠겼다. 황예은은 그 뒤로도 한참 동안 말없이 그 자리에 있다가, 한 교수의 호출을 받고서야 이제 나가야겠다고 말했다.

피해자들의 의견을 전달하는 자리를 만들면 어떨까 하는 생각이 든 건 그때였다. 황예은은 자신이 힘들다는 걸 와서 알리는 정도니까 차라리 나았다. 가장 큰 피해자들은 자신들이 피해자인 줄 모르고 착취당하는 경우일 터였다.

대학원생들의 억울한 마음을 풀어 주고 우리 학교의 시스템에 전반적인 개선이 필요하다는 사실을 알려 주자. 조금 더 나은 대학 문화를 만들기 위해 방법을 찾아보는 것도 교수가 할 일 중의 하나가 아니겠는가.

은경은 문을 열고 나가는 황예은의 등을 토닥여 주었다. 약한 사람을 보호하고 강한 세력의 잘못된 점을 알려 주는 정의로운 사람이 되자고, 부당한 것을 뒤로하고 사익을 챙기는 못난 지도자가 되지는 말자고, 스스로 각성시키면서.

✦

은경의 선한 마음은 생각만큼 쉽게 연대 의식으로 발휘되지 않았다. 이야기를 가장 처음 듣는 김태근 교수도 난처해하긴 마찬가지였다. 하얗게 변해 가는 김태근 교수의 낯빛을 보며, 은경은 도와줄 사람이 전혀 없을 수도 있다고 생각했다. 학교의 분위기도 충분히 감지했다. 다만 은경은 사람들이 주변 눈치를 볼수록 자신의 할 일이 여기에 있다는 사실을 제대로 깨달아야 한다고 다짐하며 투지를 불태웠다.

몇 개월 후에 퇴직을 앞두고 있는, 단과대에 네 명뿐이라는 여교수 중 하나인 노희원 교수만이 은경의 말 상대가 되어 주었다. 은경이 하고 싶은 말을 다 마칠 때까지, 그는 자신을 찾아와 어려운 말을 꺼내는 후배 교수의 이야기를 들어 주었다.

"세상에는 이해할 수 없는 일이 너무 많이 생겨요."

노 교수는 법과대학 앞에 올라가는 신축 아파트 건물을 올려다보라는 듯 시선을 돌리며 말했다.

"세상은 이상한 일 투성이지요. 산업혁명도 이상한 일이었고, 셰익스피어의 탄생도 이상한 일이었고, 저렇게 종합대학교 후문 바로 앞에 버젓이 올라가고 있는 거대한 아파트도 이상한 일 아니겠어요?"

노 교수가 고개를 돌린 자리에, 대학 건물에 바짝 붙어 하나씩 층을 올리는 아파트 건물의 뼈대가 한눈에 들어왔다.

은경은 교수들에게 의견을 전달하고 교수들의 의견을 허심탄회하게 들을 수 있는 자리를 만들고 싶다고 했다. 그런 자리를 열어 의견을 나누다 보면 해결되지 않을 것 같은 문제도 천천히 해결할 수 있지 않겠냐고 의견을 덧댔다.

그 말을 다 듣고 있던 노 교수는 그런 자리를 소집하려면 일단 힘이 있어야 하지 않겠냐고 되물었다.

"그 힘은 어떻게 얻는 거죠?"

은경의 질문에, 노 교수는 대학에서 근무했던 지난 시간이 고스란히 묻어 있다는 의자의 구석 자리를 천천히 만지며 말했다.

"민주주의에서 권력은 선거로 보장받죠. 보직에 진출하면 어때요. 학장 선거라든지."

"학장이요?"

침이 저절로 꿀꺽 삼켜졌다. 학장 선거를 고려해 본적이 없음은 물론이고, 보직 교수는 단 한 번도 상상조차해 본 적이 없었다. 교수 과반수 이상의 신임을 받아야 하는 학장 선거에 나가려면 가장 필수적인 건 교수들의 표를 얻는 일일 테고. 은경이 교수들로부터 신임을 얻을 만한 순간은 있었을 리 없고. 놀란 은경에게 노 교수가 말을이었다.

"교수회나 평의회 같은 것도 있고요. 어쨌든 사람을모아 뜻을 모아야 운이라도 떼어 보지요. 아무리 대중의욕받이인 정치인들이라도 그들은 사람들을 이끌고 제 할말을 합니다. 그게 그냥 따라가며 뒤에서 욕만 하는 사람들과 행동하는 사람들의 다른 점이죠."

은경은 고개를 주억거리고 있었다. 해 보고 싶다는 뜻이 아니라, 방금 들은 말을 이해하고 공감한다는 뜻을 내포하는 것이었다. 노 교수는 빙그레 웃었다. 그의 이마에주름이 깊어지며 웃음은 달콤해졌다.

어쨌든 노 교수의 말을 듣고 은경은 일단 뜻을 함께하

는 사람들을 모아 봐야겠다고 생각했다. 무엇이든 행동에 나서는 게 뒤에서 욕하는 사람들보다는 낫다는 말을 되새기면서.

✦

　며칠 뒤에 은경은 교내 인트라넷 이메일을 통해 자신의 뜻을 피력하는 성명서를 냈다. 교수님들이 대학원생 노동권과 복지권에 대해 조금만 더 함께 신경 써 주셨으면 좋겠다고, 우리가 잠시라도 시간을 내어 우리 대학에서 공부하고 있는, 대학과 국가의 미래가 될 대학원생들을 보호하는 자리를 마련해 주자고. 다음 주 목요일 오후에 그 이야기를 함께 나눌 자리를 마련했다고. 힘만 보태 주시면 다른 것은 은경의 몫이라고 생각하겠다고.

　이메일을 보낸 뒤에 며칠 동안은 잠이 잘 오지 않았고 겨우 잠에 들 때마다 자주 꿈을 꾸었다. 꿈속에서 은경은 연구실 안을 흐물거리며 지나가는 검정 구렁이와 노을이 져 시뻘겋게 색이 변한 바다를 보곤 했다.

　대부분은 이메일을 받고도 별다른 반응이 없었지만, 간혹 은경을 응원하는 답장이 오기도 했다. 독일에서 공부했다는 교수는 은경에게, 이런 일을 앞서 해 주시는 교수는 본 적이 없었으며 격려와 응원을 아끼지 않고 싶다고 말했다. 그는 독일에서 일어난 68혁명의 의미에 대해서도 알려 주었다. 일련의 혁명 이후에 독일의 대학은 학생들과 교수들을 모두 공동체의 구성원으로 생각하고, 어렵고 중요한 결정은 교수와 학생이 함께 위원회를 꾸려 해결해 간다는 것이었다.

이미 정년이 보장된 교수가 이런 일들을 하지 않으면 어느 누가 이런 일들을 도맡아 하겠느냐고, 그런 것들을 하라고 교수가 있는 것이라고. 얼굴도 모르는 교수는 은경을 응원했다.

그의 긴 격려 이메일을 읽으며 은경의 긴장도 녹아내렸다. 학생을 중요한 대학 구성원으로 존중하는 교수도 많다고, 학생을 대상으로 하는 정책 역시 반드시 보강되어야 한다고, 은경은 생각했다.

그렇게 시간이 흘러 목요일 오후가 왔다.

회의실로 가는 동안 여기 오기까지의 모든 경위가 은경의 머릿속을 지나쳤다. 한현제와 황예은도, 김태근과 노희원 교수도, 이름 모를 응원의 메시지도 생각났다. 함께 뜻을 모으고 싶은 사람도 있을 거라고, 우리 모두 대학원생이던 때가 있었으니까, 우리는 대학원생들이 얼마나 많은 고민 속에서 하루를 보내는지 공감하고 있을 거라고, 그러니까 교수들이 대학원생의 권리를 지켜 주어야 한다고, 은경은 다시 다짐하면서 복도로 발걸음을 뗐다. 5분 정도 늦게 도착했다.

세미나실의 문을 열었을 때, 아무도 그곳에 없었다.

처음에는 강의실을 잘못 찾은 줄 알았고 멍한 얼굴로 밖으로 나와 호실을 확인했다. 불 켜진 강의실 문에 기대고 서 있다가, 은경은 멋쩍게 강의실 전등을 끄고 밖으로 나왔다. 복도로 들어선 은경의 발끝에 누군가 잘못 버려 둔 찌그러진 콜라 캔이 채였다. 허리가 움푹 팬 그 콜라 캔을 발로 끌어 복도 옆으로 치우며, 은경은 자신이 느끼는 이 감정이 배신감이기보다 열등감이라는 사실을, 분노보다 허탈함이라는 사실을 알았다.

은경은 연구실로 돌아와 30여 분 동안 앉아 있다가 일어났다. 은경에게도 사실 한가하게 여유나 부리고 있을 시간은 없었다. 마무리해야 할 연구 과제도 있었고, 외부 자문을 위해 보고서를 마저 써야 했으며, 작성해야 하는 간단한 서류도 있었다. 하루 종일 아무것도 먹지 않았으니 밥도 먹어야 했고, 오후에 수업도 하나 남아 있었다.

그럼에도 자꾸만 알 수 없는 우울감이 밀려들었다. 모르는 새 비극적이고 참담한 기분이 아무도 찾지 않는 겨울의 바다에서 마주친 파도처럼, 철썩, 철썩 소리를 내어가며, 은경의 마음을 채우고 있었다.

✦

세상에 '원래 이상한 일'이라는 건 없다. 갑자기 눈앞에 펼쳐졌거나 감지했기 때문에 어느 순간 이상한 일이 되어 있을 뿐이다. 이상한 일을 이상하다고 말하는 건 이상한 일 바깥에 있는 다른 건 정상이라는 뜻인데, 그 말도 이상한 게, 애초에 인간이 세상에 태어나는 일이 이상한 일이 아닌가 싶은 것이다. 인간이 지구에 계속 태어나고 자기 몫을 챙기고 살다가 결국 아무것도 쥐지 못하고 다시 세상을 떠난다는 사실이, 가장 이상한 일 아닌가.

정말 이상한 일이었다.

1층 행정실 문으로 사람들이 분주하게 들락거리는 중이었다. 아는 얼굴보다 모르는 얼굴이 더 많았다. 은경은 궁금증에 소리가 나는 곳을 쫓아 행정실 문 앞으로 다가

갔다.

　달그락거리는 여러 소음과 사람들의 소리가 뒤섞여 제대로 알아들을 수 있는 말이 거의 없었지만, 분명히 무언가 큰일이 생겼고, 그 일에 대해 누구도 지금 은경에게 말해 줄 여유는 없어 보였다. 특히 굳은 얼굴로 행정실에 찾아온 낯선 사람들을 마주한 직원들의 표정에서 알 수 없는 두려움이 읽혔다.

　지금은 어떤 정보도 알아내기 힘드니 조금 더 기다렸다가 상황을 파악해야겠다고 마음먹고 터덜거리며 돌아섰을 때, 은경은 계단에서 아래로 내려오는 황예은을 보았다. 며칠 사이에 얼굴이 유난히 창백해져 있는 황예은은 상황을 알 거라는 확신이 들었고 은경은 조심스레 다가가 물었다.

　"학교에 무슨 일 있어요?"

　황예은이 억지웃음을 지어 보였다.

　오랜만에 만난 황예은에게, 은경은 해 주어야 하는 말이 있었다. 아무래도 아직 내 역량이 부족한 것 아닌가 싶다고, 무언가 실질적인 도움이 되어 주려면 시간이 더 필요하겠다고, 말로만 하는 응원이나 격려가 큰 도움이 되지 않을 것을 알고 있다고, 은경은 그 말을 어떤 뉘앙스로 들려주어야 하나 고민했다. 만일 그것이 지금 황예은의 저 창백한 표정이 기다리는 말이라면, 나를 조금만 더 믿고 참고 기다려 달라고 말해 볼까.

이윽고 은경이 무슨 이야기라도 꺼내려고 한 발 더 다가간 순간에, 황예은은 예전의 그 무심한 눈망울을 한 채 은경을 지나쳤다. 은경은 어쩌지 못하고 서서 행정실 문을 통해 들어가는 황예은의 뒷모습을 물끄러미 바라봤다.

소득 없이 방에 들어온 은경을 기다리고 있던 것은 부재중 전화였다. 전화기에 선명히 찍힌 번호는 노희원 교수의 방이었다. 목이 바짝 말랐지만 목을 축이는 것보다 노 교수에게 전화하는 일이 급하게 느껴졌다. 신호가 얼마 가지 않아 연결된 통화에서 노 교수는 별다른 답 없이 그저 짧게, 잠깐 얼굴을 볼 수 있느냐고 물었다. 가슴이 덜컥 내려앉았다. 무슨 일이 됐든 별일이 아니라는 은경의 생각은 그저 다짐에 가까운 것 아닐까 싶었다. 세상일이 다 별일 같아 보이는 이런 때에는 더욱이.

노 교수는 방문을 열어 둔 채 은경을 기다리고 있었다. 은경이 의자에 앉자마자 이미 우려 둔 차를 찻잔에 천천히 부으며 노 교수는 입술을 떼어 말했다.

"일이 꽤 복잡해진 것 같더군요."

노 교수는 20년간 쌓아 둔 자신의 모든 네트워크로, 행정실에서 일어난 일을 미리 살핀 후에 은경을 불렀다고 했다. 그리고 그 이야기를 듣기 위해, 우선 해독 효능이 있다는 돼지감자차를 끓여 두었으니 느긋하게 마시며 마음을 안정시켜 보라고 주문했다.

노 교수는 이름 모를 사람의 신고로 대학원생 황예은과 학장 한현제의 불륜 행위가 대학 본부에 우선 고발 처리되었다고 말했다. 둘의 행각은 이미 수차례 여러 사람의 눈에 띄었으며, 결국 누군가에 의해 신고되었다는 거였다. 이로써 황예은의 대학원 졸업이 불투명해졌음은 물론이고 입학에도 비리가 없었는지 조사에 들어갔다고 했다. 한현제는 권위에 의한 성추행이나 성폭행 행위가 없었는지를 판별하기 위해 경찰 조사에 들어갔다.

한현제의 경우 그간 학교에 기여한 공로를 인정해 직무 면제 정도로 일을 마무리하고 싶다는 게 총장의 생각이지만, 그렇다고 지금 당장 한현제를 단과대에 들일 수는 없다는 뜻도 함께 전했다고 했다. 우선 갑자기 비어 버린 학장 공석을 채울 사람부터 필요하게 되었는데, 총장은 통상적으로 학장 대리를 맡게 되는 부학장 중심의 비상 체제에도 반기를 들었다고 했다. 부학장이 학장의 오랜 심복이라는 걸 눈치챈 총장의 결단이라는 것이었다. 총장은 이 사태를 계기로 학교 시스템 전반을 뜯어고쳐 보겠다는 의지를 보이고 있고, 학장 자리에는 이 문제와 전혀 관련 없는 여교수를 세우고 싶다는 뜻을 내비쳤다고 했다. 그 자리를 채우는 사람에게 다음 선출을 위한 후보 순위를 올려 주기로 했다는 것도 이미 전반적으로 동의되었다고 했다.

총장의 뜻에 따라, 노 교수가 우선적인 후보로 올라와 있는 상황이었으나, 노 교수는 퇴임을 겨우 2학기 앞둔 상황에서 일을 크게 벌이고 싶지 않았다. 그것이 노 교수가 지금 은경을 부른 이유였다.

여교수이고 부교수이면서 지금 당장 학장의 업무를 대신할 수 있는 사람, 노 교수는 그 자리에 열정이 있는 은경이 들어가는 것이 가장 적절하다고 생각하고 있었다.

"학교에 있는 이해할 수 없는 관습들을 타파하고 싶다고 했었죠? 지금이 적기일지도 모르겠네요."

은경은 말없이 노 교수를 바라봤다. 노 교수의 조그맣고 앙다문 입술을 바라보고 있으면, 20년 넘게 수도 없이 세상과 부딪히며 겪어 냈을 풍파를 은경마저 떠올려 낼 수 있을 것 같았다.

무엇보다 이 상황에서 은경이 어떤 이야기를 해야 좋을까.

은경의 마음을 서서히 채우는 것은 아마도 겁인 것 같았다. 텅 비어 있던 회의장, 은경을 향한 비난과 뒷담화, 천천히 분명해지고 있던 실체 없는 두려움의 기억을 동반한, 겁.

"그런데 저는 이곳에서의 경력이 짧고 조직에 대해 아는 것이 없어요. 아무래도 저는 부족하지 않을까 싶습니다."

노 교수의 입술 끝이 살짝 올라갔다. 이마에도 다시 깊은 주름이 팼다. 그는 부드러운 미소를 짓고 있었지만, 목소리는 의외로 완강했다.

"교수님, 미국에서 테뉴어도 받았었고 경력도 꽤 되었죠?"

은경은 작게 고개만 끄덕였다. 그러자 노 교수가 천천히, 띄엄띄엄 단어마다 힘을 주며 문장을 이어 갔다.

"그걸 포기하면서까지 한국에 온 사람인데, 학교를 위해 해 줄 일이 많지 않겠어요?"

만약 학장이 된다면. 거부할 수 없는 다양한 일을 은경이 이끌어야 한다면. 알 수 없는 비애감이 은경을 스쳐 지났다. 왜 나에게, 이런 일이 찾아왔는가.

"전통과 그것이 아닌 것을 번복하는 것, 그것이 인류가 매 순간 해 온 일이잖아요."

노 교수는 가볍게 웃어 보이며 은경을 배웅했다. 그것은 은경 자신이 몇 달 전 황예은에게 했던 말과 맥을 같이 했다.

–인류는 한계 지어진 걸 천천히 부수며 여기까지 왔으니까요.

은경은 노 교수의 방에서 나와 자신의 연구실로 가는 내내 권위와 그것의 존재에서 매번 자유롭지 않은 조직의 성격에 대해 생각했다. 이상한 일이 아닐 수 없는 일들이 은경의 시간을 관통하는 중이었다.

✦

어머니의 전화를 받고 나서야 은경은 오늘이 조부모의 제삿날이라는 걸 깨달았다. 어머니는 은경이 혹시나 바쁘지 않을까 걱정하는 말투로, 집에 와서 저녁을 먹고 갈 생각이 있느냐고 물었다. 은경은 문득 어머니가 혼자서 제사상에 올라갈 음식들을 다 요리하는 건지 궁금해졌다.

"그렇지, 전도 만들고 나물도 하고."

그 말을 듣고 은경은 지갑과 차 키를 들고 연구실을 나왔다. 요리할 재간은 없지만 곁에 있으면 명탯국이라도 퍼 나르게 되겠지 싶었다. 은경의 다른 손에는 돼지감자를 넣어 우린 찻물이 담긴 흰색 텀블러가 있었다. 노 교수는 은경에게 돼지감자차가 든 봉투를 건네며 말했다.

"뚱딴지차예요, 여기저기 마구 돋아나서 밭을 버리는 바람에 지어진 이름이지. 나는 그럴 수 없었지만, 여 교수는 그런 사람이 되길 바랍니다. 이곳 생태계를 마구 헤쳐버리는 뚱딴지같은 인물이."

은경은 목을 한번 축인 후에 텀블러를 운전석과 조수석 사이의 음료 거치대에 꽂아 두고 손에 다시 휴대폰을 들었다.

뭘 좀 사 가면 좋으냐는 은경의 문자 메시지에, 어머니는 막걸리나 한 병 사 오라고 부탁했다. 술을 올리는 게 가장 중요한 전통이니까, 은경이 사 온 술이라고 하면 조상님들이 은경을 잘 봐 줄지 누가 알겠냐는 거였다. 은경은 그대로 시동을 켜고 천천히 차를 몰아 학교 밖으로 빠져나갔다. 이미 복잡한 마음이었고, 그 마음을 들킬까 일부러 조심히, 천천히, 평소보다 느리게, 운전했다.

이제 막 왼쪽 깜빡이를 켜고 차선을 옮겼을 때, 차 한 대가 갑자기 은경의 쏘나타 앞을 파고들어 은경은 브레이크를 거칠게 밟았다. 은경의 앞에 선 차는 파란색 쉐보레였고, 그 파란 차를 마지막으로 좌회전 신호가 끊겨 버려 은경의 차는 이상하게 비틀린 모습으로 정지선에 서게 되었다. 화가 치밀어 오른 은경이 소리를 지르며 파란 차 열린 창문 안쪽 운전자의 얼굴을 확인했다. 은경의 또래 정도로 보이는 여자였다. 점점 어두워지는 시간인데 선글라스까지 낀 채 운전하는 중이었다. 미안하다는 신호조차 없는 저 싹수라니.

"저 새끼가 개념을 국에 말아 먹었나."

왼쪽에서 좌회전해 오던 차들이 정지선을 한참 넘은 채 비틀려 선 은경의 차를 향해 경적을 울려 댔다. 후진하고 싶었지만 이미 뒤차가 은경의 차 가까이 붙어 있었다. 은경이 앞 유리창을 끌어올렸다.

가다가 타이어에 펑크나 나라.

은경은 다시 한번 파란색 쉐보레가 지나간 자리를 쏘아보았다. 그러다 은경은 방금 자신이 한 말을 곰곰이 곱씹었다.

개념이라.

은경의 생각은 곧 개념이라는 게 과연 무엇일까에 다다랐다. 은경의 어머니와 아버지는 하루 종일 집에서, 이제는 아무도 챙기지 않는 제사를 준비하고 있을 터였다. 그것이 아마 자신들이 지켜야 할 개념이라고 생각할 테니까. 결국 개념이란 인간이 지켜야 할 예의이며 질서인가.

　　언젠가 부모가 죽고 은경만 이 지구상에 남으면, 은경은 부모가 오래 지켜 온 예의와 질서를, 그러니까 개념을 지키며 살 수 있을까? 그렇게 해야 하는 걸까? 단 한 번도 한국에서 그런 예의와 전통을 따라 본 적이 없는 은경이. 부모가 평생 지켜 온 그 개념이 은경에게도 예의이며 질서일까.

　　그때 은경의 휴대폰 벨이 다시 울렸다.

　　발신인의 이름은 김태근 교수였다. 은경이 받지 않자 전화가 끊겼고, 곧이어 문자가 들어왔다.

　　-교수님, 학장 대행 되신 것 축하드립니다.

　　은경은 신호 대기하며 그 문자를 가만히 지켜보고 있었다. 다시 문자 알림음이 울렸다.

　　-지난번에 제가 중요한 선약이 있어 교수님이 소집한 회의에 가 보지 못했는데 그때는 정말 죄송했습니다.

　　문자를 담은 휴대폰 액정이 멀리서 닿은 빛들을 따라 어지러이 번들거렸다.

그것이 권위면 따르겠다는 김 교수, 전통과 비전통이란 늘 번복된다던 노 교수, 전통이라는 것에 목이 조일 것 같다던 황예은, 유교와 전통과 풍습을 지키는 것이 자신들이 지킬 개념이라 생각하며 평생 얼굴도 본 적 없는 조상들께 부지런히 제사를 올리는 은경의 부모와 그것을 지켜야 한다고 생각해 본 적 없던 은경과 그 모든 개념이 의미 없어진 것만 같은 이 모든 상황이, 그렇게 액정의 불빛을 따라 교차하는 느낌이었다.

은경의 휴대폰 위로 새로운 글자들이 비슷한 진동 소리를 내며 떠오르기 시작했다. 은경은 그렇게 글자들이 떠오르는 모습을 물끄러미 지켜보고 있었다. 낯선 자음과 모음들 위로 새로운 자음과 모음이 올라올 때마다 화면이 새로고침 되면서 글자가 폭죽처럼 쏘아졌다. 그 모습이 마치 전쟁터의 폭격처럼 느껴졌다.

노 교수, 김 교수뿐 아니라 헌법 교수도, 민법 교수도, 그리고 다른 어떤 사람들의 번호도. 그렇게 자음과 모음에 멋대로 뒤섞이며 은경의 휴대폰에 암호 같은 말들을 들이는 중이었다. 그 번들거리는 글자들을 바라보며, 은경은 미미한 두통을 느껴 눈을 감았다 뜨기를 반복했다.

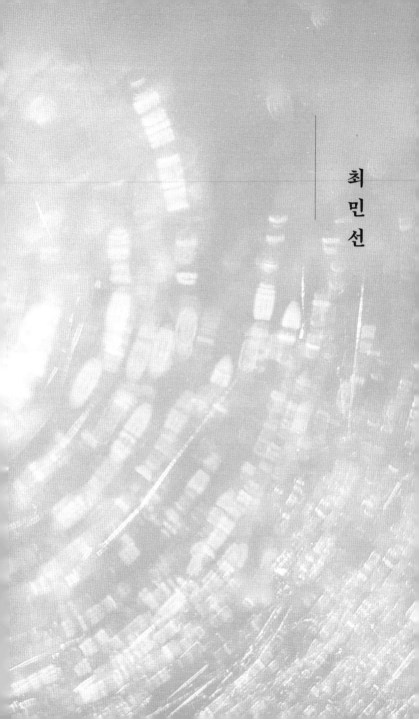

최
민
선

재성과 대화하는 동안 민선은 선명하지 않은 감정들이 몸 안을 꾹꾹 누르는 기분을 받았다. 구주역으로 가는 사이 민선은 재성에게 전화를 걸었고 그는 자신의 나긋나긋한 성정이 감긴 목소리로 민선에게 일단의 안정을 주문했으며, 결국은 성해윤의 입장이 되어 보자고 제안했다. 민선도 여유를 부리고 싶은 마음이야 굴뚝같았다.

"차 한 잔 마시면서 해, 내가 아침에 텀블러에 보이차 넣어서 꽂아 뒀는데, 봤어?"

민선은 그제야 오른쪽 음료 거치대에 있는 파란색 텀블러를 발견했다. 파란색을 좋아해 자동차마저 파란색을 선택하는 민선을 위해 재성이 골라 선물한 것이었다. 마음의 안정이라. 세상 느긋한 성품의 재성이라고 해도, 20분 안에 도착하는 제 회사 궁극의 오너를 맞이하러 가는 길에, 규정속도로만 달려도 30분이 걸리는 거리에서 눈앞의 차가 벌써 수 분째 제한속도를 15km/h나 낮춘 35km/h로 달리는 중이라면, 원래의 성격처럼 느긋할 수는 없을 거라는 데 의심의 여지가 없다.

무엇보다 재성의 말이 자꾸만 민선의 마음 한쪽을 툭툭 눌러 댄다. 목소리가 뾰로통해진다.

"그러니까 네 말은 성해윤이 사이코는 아닌데, 내가 지금 성해윤을 함부로 오해하는 걸 수도 있다는 거야?"

"그렇다기보다는. 원장님에게도 우리가 모르는 자기만의 입장이라는 게 있을 수 있으니 우리가 그걸 생각해 볼 필요도 있다는 거야."

민선의 입술 사이로 생각지 못한 문장이 스스럼없이 퍼져 나왔다.

"미쳤나, 저게."

재성은 아무 말이 없었다. 아마도 배려가 몸에 밴 재성은, 민선의 뉘앙스에서 변화를 감지하느라 분주할 게 분명했다. 심지어는 침묵 속에서 방금 자신이 뱉은 문장에 상대의 기분을 상하게 할 만한 단어가 있었는지 되짚어 보는 중일 수도 있었다. 재성이라면 그럴 수 있다는 걸 민선은 안다.

"너한테 한 말 아냐. 지금 눈앞에 자꾸 쏘나타 한 대가 걸리적거려."

"운전에 집중해. 20분 남았어."

재성의 목소리는 전체적으로 부드러웠지만 어딘지 모르게 날이 서 있었다.

"알았어. 우선 장관님 건 해결하고 다시 전화할게."

전화를 끊는 순간 앞차가 다시 브레이크를 밟았다.

"가자. 응? 가."

민선의 애끓는 소리를 듣는지 마는지 진회색 쏘나타 3431은 여전히 저만 좋은 속도로 제 갈 길을 가는 중이었다. 다음 신호에서 좌회전해야 하니, 곧 왼쪽 차선을 타지 않으면 안 됐는데 왼쪽 차선은 이미 차들이 거의 서서 대기 중이었다. 민선은 참을성이 바닥나고 있다는 걸 손바닥에 솟아나는 땀으로 깨달았다. 세월아 네월아 운행 중인 쏘나타로 가까이 다가가다가, 민선은 비상등을 켜며 혼잣말했다.

"쏘나타, 무슨 일이야."

차를 바짝 붙여 몰아넣은 탓인지 쏘나타는 비어 있던

왼쪽 차선으로 들어갔는데, 슬쩍 지나치는 쏘나타의 열린 창문 틈으로 휴대폰 화면을 보는 운전자가 한눈에 들어왔다.

"저 여자가 진짜 미쳤나."

이제야 상황이 파악된 민선의 머리끝까지 분노가 차근차근 솟아올랐다. 휴대폰에 정신이 팔려 속도를 줄이다니, 미쳤냐 정말. 소리를 지르고 싶었지만 교양 있는 현대인으로서 심한 말을 할 용기는 나지 않았고, 대신 차를 쏘나타 앞으로 바짝 붙여 왼쪽 차선으로 들어갔다. 놀란 쏘나타가 급히 정지하는 모습이 보였는데, 그때 마침 좌회전 신호가 꺼졌고 민선은 이제 더 이상 속도를 내지 않을 수 없어 오른발에 힘을 주어 엑셀을 깊이 밟았다. 엔진이 버거운지 붕 소리를 내며 RPM 3000을 수월하게 넘기는 중이었다. 그렇게 민선의 SUV는 좌회전 신호를 받고 운행하는 마지막 차량이 되었다. 안전선을 넘어 비뚤어진 채 정차한 쏘나타를 백미러로 힐끔거리며, 민선은 고개를 내저었다.

"정신 차려라, 진짜."

그 사이 민선에게 남아 있는 시간은 겨우 17분이 되어 있었다. 민선은 눈을 질끈 감았다가 다시 떴다. 민선에게 가장 높은 상사이며 이 바닥 공공 생태계 모든 먹이사

슬의 최고 포식자인 그가 오는 중이었다. 문화체육관광부 장관과 문체부 산하 기관에 소속된 직원 사이에 있는 사람의 수를 따져 보면 문득 아득해진다. 더군다나 기관 안에서도 직원이 네 명인 센터의 센터장이 문체부 장관의 의전을 갑자기 맡게 될 확률을 따져 보면 더욱 요원해질 테니, 애초에 아무것도 생각하지 않는 게 더 좋겠다.

✦

갑작스러운 장관의 방문으로 회사 직원들은 패닉 상태가 되었다. 원장 비서실 준호 씨가 가장 그랬다. 소식을 들은 준호 씨는 원흥시에 있던 민선에게 바로 전화를 걸었고 매우 조심스러운 말투로 물었다.

"소장님, 혹시 지금 어디에 계실까요?"

민선은 점심을 먹은 후부터 워크숍 자리에 참석해 있었다. 대한민국 문화 콘텐츠 육성 산업에 대해 학계, 관련 전공 교수, 실무진이 참가하는 워크숍이었고 민선은 정부 기관의 담당자 자격으로 그 자리에 있었다. 현장과 이론을 조금 더 가깝게 해 보려는 정부 측 노력의 일환이었는데 기관 쪽에서도 할 수 있는 일이 있을지 함께 고민해 보자는 취지에서 참석한 것이었다. 워크숍 참석을 적극적으로 권장한 것은 기관의 원장 성해윤이었다.

"저 아직 워크숍 중이에요. 어쩐 일이에요?"

"일이 좀 생겼는데요……."

민선은 긴장하는 일이 좀처럼 없는 준호 씨가 쭈뼛거리는 음성을 가만히 듣고 있다가, 자리에서 일어났다. 뭔가 아주 큰 일이, 그러니까 민선이 해결해야만 하는 중요한 일이 생겼다는 걸 직감했기 때문이다. 민선이 홀을 가로질러 가는 동안 준호는 서두르지만 정확한 말투로, 알아듣기 적당한 단어들을 골라 가며 상황을 설명했다.

"장관님이 직접 원내 시설을 둘러보러 오시는데, 원장님께서 아직 국감 참석 중이시라 소장님께 의전을 좀 부탁하셨습니다."

민선은 건물 입구를 서둘러 빠져나오며 시간을 확인했다. 오후 2시 50분이었다. 오전 10시에 시작된 국회 감사가 오후 3시가 되도록 끝나지 않고 있다는 것은, 성해윤이 당장 구주로 돌아올 가능성이 거의 없다는 말과 같았다. 민선이 소속된 기관이 타깃이 되어 성해윤이 고초를 겪고 있는 모양이 쉽게 짐작되었다.

몇 달 전 취임한 문체부 장관은 오전 내내 부처 소속

기관들의 국감 내용을 전해 들었을 것이다. 그중 어쩌면 규모가 작은 산하 기관에서 일어난 노조 관련 이슈가 점점 문화예술계로 번져 가는 양상이 부담스러울 수도 있었다. 내일은 직접 장관이 국감에 참석하는 날이었고, 아마 기관별로 비정기적인 감찰이 필요하다고 생각했을지도 모른다. 모든 걸 차치하고서라도, 장관이 직접 이렇게 KTX로 40분 걸리는 거리의 구주까지 갑자기 올 수 있으리라는 예상은 아마 성해윤으로서도 하기 어려운 것이었겠지.

"장관님 도착하시기까지 얼마나 남았는데요?"

"비서님께 들으니 KTX 역으로 지금 출발하신답니다."

"네. 알겠어요. 저 30분이면 도착해요."

준호 씨는 걱정하는 말투로 다시 물었다.

"평소에도 한 시간은 걸리는 거리인데 거기서 어떻게 30분 만에 가시죠?"

준호의 걱정스러운 말투에 민선이 더 강한 어조로 답했다. 이미 차를 몰아 주차장 출입구 방향으로 나오는 중이었다.

"준호 씨, 이쪽은 걱정 말고 홍보팀이랑 기관 내 의전 신경 써 주세요."

민선은 비서와 전화를 끊고 차량 블루투스로 KTV 채

널을 연결해 국감장의 면면을 확인한 후에 재성에게 전화를 걸었다. 오늘 저녁을 함께 먹지 못하겠다고 말할 참이었다. 다행인지 재성 역시 일이 좀 많아서 회사에서 간단히 식사하고 일을 마무리한 후에 퇴근하면 좋겠다고 말했다. 재성은 민선이 처한 상황을 듣더니 물었다.

"성 원장이 너한테 의전을 직접 맡기더라는 이야기를 비서가 전해 줬다고?"

"그랬지. 근데 성해윤 진짜 이상하지 않아? 그러면 오늘 워크숍에 가지 말고 대기하라고 해야 했던 거 아냐?"

"다르게 해석할 수도 있을 것 같은데?"

"어떻게?"

"오늘 너 성해윤 원장 대신해서 워크숍 참석한 거잖아. 대리라도 이렇게 일과 사람에 얽히다 보면 다른 좋은 일들도 굴비 엮듯이 생기지 않을까?"

민선은 아무 말도 하지 못한 채 생각에 잠겼다. 그러자 재성이 조심스러운 말투로 문장을 계속 이어 갔다.

"물론 네가 그렇게 기꺼이 성장해 갈 의향이 있다는 가정하에 말하는 거야."

그 문장에 박혀 있는 단어 한 알 한 알이 민선의 마음을 들쑤셨다. '성장이라는 게 뭔데?'라고 묻고 싶어졌기 때문에 그 느낌은 차츰 더 강렬해졌다. 재성은 공감 능력이 제법 뛰어난 사람 축에 속한다는 것을 알고 있어서 더욱 그랬다. 재성이 말하는 성장이란, 조직에서 순화되어 결국 우두머리에 이르는 것일까. 성장을 훌륭하게 해 낸 성해윤은 민선의 경력 정도였을 때 어땠을까. 이런 딜레마를 매번 뚫고 나갔을까. 원래 지닌 성격을 잃거나 숨겨 두지 않았을까. 그것이 '성장'하는 걸까.

아무래도 요즘 민선에게 문제가 있는 걸지도 모른다. 아니면 조직이라고 이름 붙여진 사회에 적응해 가는 자체가 딜레마일지도 모르지.

민선은 신호등에서 멈춰 선 후에 눈을 가늘게 뜨고 전방을 주시했다. '내가 언제 그런 식으로 성장하고 싶다고 했어?'라고, 재성에게 묻고 싶다. 그것이 더 정확한 질문이었다. 민선의 말은 생각과 다른 방향에서 나와 공기를 뚫는다.

"장관님이 구주에 올 수 있다는 걸 성해윤 원장은 분명히 먼저 알았을 거라고 봐. 장관이 동네북이야? 일정이 갑자기 저렇게 바뀔 수 있지 않을 거란 말이야."

이즈음에서 민선은 조금 후회했다. 차라리 애초에 먹고 싶은 저녁 식사 메뉴 따위나 얘기했어야 하는데.

파란색 텀블러가 흔들거리며 거치대 안쪽에 겉면이 부딪치는 소리가 났다. 보이차는 마음을 안정시키는 데 효과적이라고, 재성은 아침마다 차를 만들어 거치대에 끼워 두곤 했다. 재성에게 미안한 말이지만 민선은 그것을 제대로 마셔 본 적이 없었다. 그걸 마신다고 마음이 안정될 거였다면, 무슨 짓을 해서라도 안정되었을 테지.

장관이 도착하는 시간까지는 5분이 남아 있었다. 민선은 차에서 내리자마자 1층 대합실을 거쳐 지하에 있는 플랫폼을 향해 뛰기 시작했다. 에스컬레이터 옆으로 깊이 경사진 계단을 내려가기 시작했을 때쯤 민선의 숨이 넘치듯 가빠 왔다.

이 시점에서 민선은 일부러 시선을 옮겨 생각을 바꿔 보려고 했다. 재성과 그 대화를 나누던 게 불과 30분 전이었다. 재성과 대화하지 않았다면 가는 길 내내 마음이 우울해지지는 않았을 텐데 싶어 후회가 들어찬다. 삶의 많은 것을 함께 나누는 재성이지만, 어쨌든 기분이 균형을 잃어버리는 일은 그와의 대화가 없었다면 생기지 않았을 일이었다. 마음의 변화에 관해, 민선은 생각했다.

성해윤을 처음 만난 것은 민선이 막 경력 9년 차에 책임 직급을 달았을 때였다. 지원 부서에서 콘텐츠 부서로 자리를 옮긴 이후에도 회사 내에서 민선의 평판과 고과 점수는 나쁘지 않았다. 대학 때 경영을 전공했으므로 '무엇무엇'의 경영, 이를테면 기술경영이라든지, 심리경영이라든지, 예술경영 같은 외피만 씌운 경영조직들에 적응하기가 어렵지 않은 덕분이었다. 기술이면 기술이고, 심리면 심리고, 예술이면 예술이지, 여기저기 붙이기 좋은 경영을 왜 선택했는지, 20년 전으로 돌아가 스스로 물어보고 싶던 적이 한두 번이 아니다.

　　민선은 그 점을 자주 허탈하게 생각했다. 10년 넘게 일했지만 뭐 하나 제대로 깊이 있게 아는 것 같지 않았고, 그렇다고 뭐든 두루 잘하는 것도 아니었다. 제너럴리스트와 스페셜리스트. 민선은 자신이 그 두 단어의 경계에 서 있는 것 같은 느낌이 들었다. 예술에 넘치는 관심을 보이는 '문화인'도 아니면서, 물론 경영을 전공했지만 딱히 경영이라는 게 뭔지도 모르겠는, 일반인 최민선은.

　　민선의 오랜 친구 혜리는 '행운'이라는 단어를 쓰며 우리처럼 애매한 나이에 회사에 붙어 있는 것만으로도 얼마나 좋으냐고 자주 물었고, 민선 역시 그 말에 동의했다. 신참 때의 막연한 불안감도 없었고, 일은 어느 정도 자리를 잡아 갔으며, 상사들에게서 인간적인 고뇌가 느껴지는 날이 많을 때였다. 조직에 잘 붙어 시키는 일을 적당히 하며 시간 때우는 것이 기꺼이 즐거워지는 참이었다. 그저 이렇게, 자칫 잘못 승진하지 않고 일도 더 많아지지 않은 채 매일이 유지되는 상황이 얼마나 감사하던지.

어차피 고대 그리스 철학자들도 말하고 석가도 말하고 장자도 말하고 동서양을 넘나드는 수많은 예술가와도 얽혀 있는 바니타스, 메멘토 모리, 화무십일홍이라니까. 적당하고 소소한 행복을 즐기면서 너무 튀지 않은 선에서 조직에 봉사하면서. 할 수 있는 일을 하면서 적당한 돈을 받으면서, 별 욕심 없이. 이렇다 할 보람은 없지만, 또 큰 지겨움도 없이. 재성과 맛있는 저녁을 먹으러 가고, 주말에는 소소한 교외 데이트를 하면서. 그저 시간이 잘 지나면 그것으로 좋은 걸 알면서. 그것이 다른 것에 기댈 필요 없는 행복의 속살이라는 사실을 깨달으면서.

정확히 말하면 성해윤이 기관에 들어오기 전까지 민선은 그랬다. 정말이지 더할 나위 없는 평온의 시간이었다.

원장 취임식에서 본 성해윤의 첫인상은 밝고 열정적이지만 어딘가 지극히 파괴적인 데가 있었다. 그가 신고 나타난 스니커즈와 단상의 원목 색깔을 도드라지게 만드는 무릎 길이의 붉은 치마가 그랬다. 성해윤은 취임식에서 변화, 혁신 따위의 단어를 즐겨 썼지만, 그것이야말로 사기업 공기업을 막론하고 대한민국 거의 모든 기관의 임원들이 사용하는 말이 아닐까 할 정도로 의미 없게 들릴 뿐이었다.

　　그렇지 않나.

　　"존경하는 임직원 여러분(존경이라는 단어를 이렇게 남발해야 하다니), 대한민국은 변화의 중심에 섰고(변화하지 않는다는 말이 더 이상하지, 사람 기분도 매일매일 변화하는데), 우리에게는 신사업을 도모할 혁신이 필요합니다(미래 먹거리를 골몰하기에 우리는 너무 공기업)."

　　민선뿐 아니라 거의 모든 사람이 그가 원장 자리에 머릿수를 채우러 왔다고 생각했다. 취임사를 진심으로 듣는 사람이 있을 리 만무하고, 그런 사람이 있다면 (원고를 썼을) 원장님 비서 정도랄까.

　　취임식 이후 성해윤은 거의 움직이지 않았다. 온종일 원장실에서 무언가 골몰하며 보낸다는 소문이 돌 정도로 움직임이 둔했다. 그것도 민선에게는, 당연히 그저 소문에 불과했다. '송중기가 국제결혼을 했대.'라든지, '정국이 빌보드 1위를 했대.'라든지 하는 그런 소문. 나와 전혀 관련 없어 발끝으로라도 닿을 리 없는 뉴스처럼.

그러니 상상이나 할 수 있었을까. 성해윤이 가장 먼저 불러들인 내부 사람이 일개 직원에 불과한 민선이 될 거라는 사실을.

성해윤을 처음 대면했던 날, 민선은 늦은 점심을 먹고 회사로 돌아오는 길에 전화를 받았다. 원장 비서였는데 원장이 갑자기 민선을 찾는다고, 혹시 점심이 늦어지느냐고 물었다. 시간은 점심시간이 이미 훌쩍 지난 1시 반이었지만 민선에게도 나름대로 이유가 있었다. 12시 50분까지 미팅을 마친 후에 샌드위치를 하나 겨우 사 먹고 회사로 돌아오는 길이었기 때문이다.

초조해질 법도 했지만 그래서야 이미 지고 들어가는 게임인 것 같았다. 원장은 임기가 정해진 비정규직, 민선 자신은 임기가 없는 정규직이었다. 회사를 먼저 떠날 사람이 원장일 확률이 민선일 확률보다야 높으니까. 일부러 초조하지 않은 척, 긴장되지 않은 척, 민선은 비서에게 원장의 스케줄을 먼저 물었다. 오후 3시에 외부 미팅이 있다는 말을 전해 들은 민선이 조금 더 느긋해진 말투로 말했다.

"비서님, 원장님께 한 40분만 기다려 달라고 말해 주세요. 그 안에는 갈 수 있어요."

물론 거의 달려올 듯 회사로 왔지만, 민선은 내색 없이 양치까지 잘하고 자리에 가서 옷매무새도 천천히 매만진 후에 원장실로 갔다.

성해윤은 민선을 흥미롭게 보는 것 같았다. 다양한 이유가 있었겠지만 민선은 원장의 호감에 별로 관심을 두고 싶지 않았다. 원장이 민선을 어떻게 생각하든, 그거야 민선으로서는 어떻게 할 수 없는 원장의 생각이니까.

원장은 그런 민선에게 시종일관 웃는 표정을 잃지 않으며, 몇 달간 자신이 파악한 조직의 존재 이유와 가치, 앞으로 나아가야 할—그러니까 자신이 이끌어 가야 한다고 믿어 의심치 않는—방향성에 대해 차근히 이야기해 주었다. 당시 문화원은 문화 콘텐츠를 디지털 정보로 만들어 보급하는 다양한 종류의 작업을 막 시작하고 있었는데, 마침 해외문화홍보원과의 협력 관계를 중요한 과제로 여기는 참이기도 하니 성 원장은 디지털 아카이브로 쌓이고 있는 한국의 문화 콘텐츠가 해외에서 더 잘 홍보되는 데 도움을 주고 싶다고 했다. 그 말을 끝낸 후에 원장이 민선에게 자신의 의견을 어떻게 생각하는지 물었다.

민선으로서는 그것에 반박할 이유가 전혀 없었다. 조직의 미래 먹거리와 가치씩이나 생각해 가며 일하는 실무자가 얼마나 있을까. 아니 그게, 대체 필요하기나 한 자세일까.

"4차 산업 시대니까요. 원장님 말씀에 동의합니다."

원장은 또 다른 말을 기다리듯 민선을 지그시 바라볼 뿐이었다. 그래서 이번에는 조금 더 솔직해져 볼까 싶은 마음이 들었다. 어째서 조직의 저 끝으로 올라가면 다들 고만고만한 생각을 하게 되는 걸까. 디지털화가 대체 몇 십 년 전부터 했던 말인가. 저 신임 원장은 대한민국 정부 기관들을 MS-DOS나 천리안, 윈도 95쯤으로 아나.

"그런데 정보의 디지털화는 이미 진행되고 있는 일인데요."

성해윤의 보조개가 살짝 들어가는 것이 민선의 눈에 띄었다.

"압니다. 저는 거기서 조금 더 구체적으로, 연령에 근거해 카테고리를 만들어서 디지털 작업을 하고 싶어요."

말없이 다음 이야기를 기다리는 민선에게 성해윤이 다시 웃으며 말했다.

"아동·청소년·성인 이렇게 세 가지 카테고리로 정보를 분류해, 전 세계를 타깃으로 한국 문화를 홍보하는 겁니다."

민선은 속으로 한번 가볍게 웃었다. 이미 존재하는 것들을 조합해 새로운 범주로 편집하는 게 신임 원장의 입장에서는 혁신인가. 그런데 또 더 나아가서 그것에 관해 묻거나, 아는 척하거나, 쓸데없이 관심을 부리는 일은 민선의 가치관에 부합하지 않았다. 그래서 민선은 궁금한 것을 직접적으로 물었다. 이 대화의 결론도 이거여야 했다.

"그래서 저는 뭘 해 드리면 되나요?"

그러자 원장이 파안하며 말했다.

"제가 민선 씨를 고른 이유가 그겁니다. 너무 높지도 너무 낮지도 않은 고과 점수, 나쁘지 않은 평판, 외부 사람들로부터 골고루 받은 인정. 자기소개서 기억나세요? 나는 승진을 바라는 인간상이 아니다. 내 자리에서 꾸준히 일하는 사람이 되겠다. 그 문장이 참 인상 깊더군요."

민선조차 기억에서 지워 버린 그 문장을 새삼 끄집어내며, 성 원장은 민선에게 새로 만든 TF의 팀장 자리를 제안했다.

"저도 기억이 나지는 않지만 이미 원장님께서 읽으신 제 자소서에서⋯⋯."

원장은 민선의 말을 자르며 문장을 이었다.

"그러니 딱 세 달만 해 봅시다. 진짜 마음에 안 들면 말씀하세요. 그때는 제가 포기할게요."

그렇게 몇 주 후에 새로 뽑은 주임 한 명을 붙여서, 성 원장은 '디지털 미디어 아카이브 TF팀'을 만들어 주었다. 내부에 있는 사람들이 놀란 것은 당연한 일이고 가족과 재성도 놀랐다. 혜리는 "인적 네트워크 따위 관심 없고 적당히 치고 빠지는 방식의 일하기가 좋다더니, 그게 오히려 독이 되었구나. 이왕 이렇게 된 것, 또 네가 일을 하지 않을 인간은 아니니까 되는 대로 하다 보면 어느 순간 또 적응이 되겠지."라는, 해괴하지만 민선의 상황을 깊이 아는 사람이라면 사실이라고 말하지 않을 수 없는 종류의 덕담을 해 주었다.

성해윤이 노골적으로 '일 잘한다'는 소리를 한 적은 없었지만, 성해윤은 민선과 입사 동기인 김은해의 업무 방식을 비교하며 민선의 일하는 스타일을 선호한다는 뉘앙스를 자주 내비쳤다. 김은해는 민선과 같이 경력직으로 입사했고, 나이는 민선보다 너덧 살이 많았으며, 기획팀에서 민선과 같은 직급인 책임으로 있는 천성이 느리지만 완벽주의 스타일의 작업 방식을 선호하는 사람이었다.

성해윤은 김은해와 민선을 두고 고민했었다는 말을 한 적이 있는데, 그 말은 한 번 귀에 들어와 자리를 잡은 뒤에 민선의 신경을 자꾸만 그 방향으로 돌리게 만드는 이상한 결과를 낳았다. 한 번도 경쟁 상대로 생각해 본 적이 없던 김은해가 갑자기 민선의 인생에 뛰어들어 버린 것 같았으며, 그 묘한 기분 속에서 벗어나기 위해 민선은 김은해에게 약간의 거리감을 두려 했다.

이상한 일이기도 하고 어쩌면 당연한 일이기도 하겠지만 민선은 팀장이 된 후 조금 더 빠듯하게 일하게 되었다. 애초에 성해윤에게 인정받고 싶어서였다기보다는, 성해윤이 민선을 믿어 준 정도는 해야 하는 것 아닌가 하는 일종의 책무감 때문이었다. 성해윤은 자신이 믿고 맡긴 실무자에게 전권을 내어 주는, 통제하지 않고 자율적으로 일하게 만드는 형식으로 리더십을 발휘하는 사람이었다.

맡긴 프로젝트에 대해서는 일절 아는 척하지 않았고, 다만 필요한 부분에 대해 점검하면서 방향을 잡아 주는 식으로 일했다. 그게 민선의 업무 방식과도 잘 어울렸다.

무엇보다 이렇게 좁고 어쩌면 배울 것에도 한계가 있는 업계에서, 성해윤 정도면 충분히 본보기가 될 만한 상사였다. 성해윤은 자신의 일에 있어서도 삶에 있어서도 충실한 사람이었다. 업무는 자질구레한 것도 많았다. 문화라는 것이 잘하면 지독하게 뜬구름을 잡는 것이어서, 다루기 시작하면 직접 끌고 와 다뤄야 할 게 널려 있었다. 문학, 미술, 음악, 무용 같은 예술 방면을 일컫는 좁은 정의의 문화가 있는가 하면, 사람의 생활 양식 자체가 문화이기도 했다. 그러니까 다루자고 마음만 먹으면 무엇이든 아카이브로 만들 수 있었다. 그것을 정보화하는 것이 민선이 소속된 기관이 하는 일이었다.

성해윤은 무엇이든 해 보라고 했다. 그것이 다른 기관의 영역과 겹치더라도, 데이터도 만져 보고 설문조사도 해 보고, 전문가들도 만나 보고, 필요하면 출장도 가라고 했다. 그리고 하는 일들을 모아 보고서를 만들라고 지시했다. 그것을 보도자료로 만들고 문체부에도 적극적으로 알리자는 거였다. 그렇게 보고서가 차곡차곡 쌓이면서,

회사도 조금씩 더 몸집을 불릴 수 있게 되었다.

　많지 않은 시간이 흐른 후에, 민선은 인력이 네 명뿐이지만 어엿한 이름을 붙인 센터의 센터장이 됐다. 30대 후반의 나이에 센터 대표라니 사뭇 생소했지만, 민선은 그렇게 회사와 함께 조금씩 자신의 활동 반경을 넓혀 갈 수 있었다. 성해윤이 없었더라면 불가능했을 일이기도 했다. 선거에 의해 판이 바뀌는 정부는 빠른 시간 안에 나오는 결과물들에 반응했고, 그것이 정부의 실적을 홍보하는 일에 적극적이라면 더욱 적극적으로 호응해 주었으므로, 민선은 어느 때부터 문체부 국장들과도 안면을 트는 사이가 되었다.

　무엇보다 성해윤의 일이었기 때문에, 아니 성해윤과 함께하는 일이었기 때문에, 민선은 즐겁게 할 수 있었다. 재성과 함께 보내는 저녁 시간도 즐거웠고 가족과 가는 여행도 재미있었고 친구들과 나누는 환담도 여전히 즐거웠지만, 일이 주는 즐거움은 색깔과 농도가 달랐다.

　민선은 일에 있어 자신의 기조도 잃지 않으려고 노력했다. 그것은 권력이나 명예 따위를 갈구하는 수단이기보다, 그 자체로 즐거움을 주기 때문에 기꺼이 하는 일에 가

까워야 했다. 그런 삶은 민선의 의지로 유지되는 것이기
도 했다.

✦

　민선은 성해윤에 대한 마음을 어떻게 정의해야 할지
잘 모르겠다. 대체 언제부터 그런 느낌을 받았는지도 모
르겠고, 어디서부터 그런 마음이 생겨났는지도 잘 모르
겠다. 이것이 오해인지도, 진짜인지도 모르겠고 복잡하게
얽힌 이 감정을 하나의 단어로 묶어 설명할 수도 없다. 어
느 날인가부터 민선에게 묘할 정도로 강렬하게, 자신이
하는 일이 성해윤의 뒤치다꺼리가 아닐까 하는 생각이 들
기 시작했다.
　민선은 인정하고 싶지 않지만, 그런 느낌이 확신으로
바뀌게 된 계기는 김은해와 우연히 함께한 점심시간이었
다. 믿었던 상사를 향한 자신의 마음이 변화하는 것도 달
가운 일은 아니었고, 그것이 김은해와의 만남에서 비롯된
일이라는 것은 믿기 어려운 일이기까지 하지만, 아무튼
그 일은 아무렇지 않은 방식으로 벌어졌다. 아무렇지 않
게 김은해가 다가와 민선의 안 깊숙이 형체 없는 칼을 찔

러 넣었다.

　정말 별일이 없는, 평온한 날, 외부 일정도 내부 미팅도 없는, 가장 무해한 날이었다. 덕분에 오전 일과가 좀 빨리 끝났고, 그래서 조금 일찍 밖으로 나왔고, 자주 가던 식당을 향해 걸어가다가 김은해를 마주쳤으며, 김은해 역시 그런 무난한 기분으로 혼자서 밥을 먹으러 왔다는 걸 알게 되었다. 입사 시기가 비슷하기까지 한 동료를 면전에 꺼릴 이유는 없었고 마침 주변에 아무도 없는 것을 확인했으므로, 민선이 먼저 제안했다. 함께 점심을 먹으면 어떻겠냐고.

　둘은 회사 사람들이 자주 이용하는 회사 뒤편의 마제소바 집에서 간단한 점심을 함께했다. 소박한 질그릇에 담겨 나온 간장 양념에 달게 볶은 고기와 잘게 다진 파, 양파, 김을 고명으로 얹은 면을 비비면서, 민선은 김은해와 별것 아닌 일상에 관한 이야기를 섞었다. 모르는 사이에 이유 없이 돋아 있던 저항심도 풀려 가기 시작했다. 그래서였는지 둘 사이에는 아무런 일이 일어나지 않았다. 도리어 김은해는 오래 알아 편안한 동네 언니 같았다. 소바를 다 먹었을 즈음, 김은해가 덕분에 맛있는 점심을 유쾌한 분위기에서 먹었다면서, 민선에게 거리가 조금 먼

카페에 가자고 제안했다. 그 제안을 받고 께름직한 마음이 조금 들었지만, 민선은 사회성을 발휘해 좋다고 말하며 앞서 걸어나갔다. 민선과 김은해는 10분 정도 되는 거리를 함께 오가며 이런저런 이야기를 하게 되었다. 그런 아무렇지 않은 상태가 폐부를 찔리기 가장 좋은 때라는 걸 알면서도 말이다.

"민선 씨는 제가 생각했던 것보다 훨씬 재밌는 사람이네요."

나이가 조금 더 많다는 이유로 김은해에게 민선은 여전히 '민선 씨'로 불렸다. 민선이 팀장이 되었을 때도, 센터장이 되었을 때도 그랬다. 그 포지션에 민선을 두고 싶지 않은 김은해의 마음이 담긴 호칭일지도 몰랐다. 민선은 호칭 따위에 연연해하지 않으려고 마음을 다시 붙들며 말했다.

"제가 인상이 좀 센 탓인지, 첫인상에서 오해를 자주 받아요."

김은해의 입에서 나온 이야기는 정말 뜻밖이었다.

"인상이 세기도 하지만, 성 원장님으로부터 민선 씨 일하는 스타일이 어떤지 많이 들었거든요."

성해윤은 민선을 두고 김은해에게 어떤 말을 했던 걸

까. 그 순간 민선은 이상한 말을 듣게 될까 봐 겁이 났다. 혹시 듣지 않아도 좋을 말을 들어서 성해윤을 오해하게 되거나, 성해윤과 어렵게 쌓아 둔 갈등 없는 관계의 벽이 무너질까 봐. 그래서 원장에 대해서라면 아무 말도 하지 않을 작정으로 화제를 돌리려고 했다. 몇 분 후 김은해가 대뜸 이 말을 건네 버리고 나서야 그럴 수 없다는 걸 깨달 았다.

"원장님 말씀이 민선 씨가 좀 공격적인 면이 있다고 하시더라고요."

"제가요?"

민선이 반문하자 김은해가 조심스럽다는 듯 부쩍 작 아진 목소리로 말했다.

"네. 그래서 기획센터 같은 걸 맡기면 아마 일을 빠릿 빠릿 잘 해낼 거라고, 그렇게 말씀하시더라고요."

민선의 기분이 착 소리를 내는 듯 가라앉았다. 마음이 라는 건 이토록 가볍다. 말을 듣기 전에는 몰랐어도 아무 일 아니던 것들이, 일단 입력되어 버린 후에는 속을 쑥쑥 쑤셔 댄다. 도대체 믿을 만한 것이, 못 된다.

"선임님이 성 원장님한테 직접 그런 말을 들었다 고요?"

"네."

"빠릿한 거랑 공격적인 건 뉘앙스가 좀 다른 말 아닌가요?"

일말의 희망을 품은 물음이었다.

"에이, 그게 그거죠. 뒤에서 받치고 있지만은 않는 성격이다, 뭐 그런 거 아닌가?"

김은해가 카페에서 들고 나온 아이스 아메리카노 한 모금을 깊이 빨아 넘기며 말했다. 누구에게도 해될 것 없는 표정이었다.

회사로 돌아오는 동안 민선은 하나둘 흘러나오는 기억을 곱씹었다. 성해윤은 어째서 민선에게 그런 자리를 내어 준 걸까. 왜 민선이 김은해와 다르다는 걸 굳이 꼬집어 이야기했을까. 김은해가 양념을 얹듯 다시 말했다.

"잘 보면 원장님은 진짜 똑똑해. 누구를 어떻게 써야 하는지 제대로 안다니까."

"그렇죠."

어긋난 뉘앙스로 공감의 답변을 끌어내 겨우 토한 후에 민선은 손에 들고 있던 라테를 들이켰다. 반 이상 남아 있었다. 김은해는 투명 플라스틱 안에 있는 아이스 아메리카노의 마지막 한 모금을 빨아들인 후에 흡족한 표정으로 말했다.

"이 아이스 아메리카노 말이에요. 요즘 미국에서도 마신다더라고요. 한국이 역수출한 제품으로 정말 역대급 아니에요?"

'얼죽아'라는 단어가 미국 뉴스에서도 소개되었다고 말하는 김은해의 목소리에 점점 생기가 도는 중이었다.

"커피 문화가 잘 발달한 나라일수록 아직도 아이스 커피를 먹지 않는다는 사실이란 이를테면 그런 거지. 멍청하고 고집스러운 거. 전통만 고집하면 발상의 전환 같은 게 생기질 않아요. 따뜻한 커피는 빨리 먹을 수가 없잖아. 카페인을 쭉쭉 빨아 먹고 돌아가서 일하려면 시원해야 잘 들어가지. 난 그래서 아이스 아메리카노가 좋던데. 빠르고 시원하고 목 넘김 좋고. 다 먹고 깨끗이 버리고 일하기도 좋고."

민선은 그렇게 말하는 김은해를 바라보며 생각했다.

발상의 전환이라.

민선을 향한 성해윤의 진심은 무엇이었을까. 민선은 그것을 추측하며 어쩐지 기분이 찜찜해졌다. 내 마음조차 알 길이 없는데, 남의 진심을 추측한다는 게 사실 가능한 일이긴 할까. 한 발 더 나가면 성해윤을 두고 나쁜 말을 해 버릴 것 같아서, 민선은 말을 돌렸다. 의미 없는 험담을 하고 싶지 않았다. 그래도 그 말은 자꾸만 민선의 머릿속에 남았다.

"민선 씨가 좀 공격적인 면이 있다고 하시더라고요."

공격적인 사람으로 보이지 않기 위해, 민선은 김은해의 말을 다 들어 주고, 일부러 더 공감해 주면서 회사로 돌아왔다. 그러면서도 기분이 마냥 좋지는 않았다. 기분 나쁜 낙인이 찍힌 것 같은 느낌을 지울 수가 없었다. 성해윤 말고도 회사 내에 이미 많은 사람이 그런 방식으로 민선을 이해하는 듯한 느낌도 따라붙었다. 마음이란 참으로 힘이 없다.

✦

간부 회의는 월요일 오후에 있었다. 원장부터 팀장들까지 기관 내 간부가 모두 모이는 자리였다. 회의 중반 즈음 연말에 발간될 기관 보고서를 중간 점검하는 대화가 오가는 중이었다. 민선은 이 자리에서 첨예한 이슈 하나를 꺼냈다.

얼마 전부터 TF팀에서 쓰는 보고서의 저자 란을 두고 고민 중이었다. 대표 저자를 누구로 할 것인가가 센터 내에서 이슈가 되었기 때문이었다. 이게 별 문제 아닌 것 같이 보여도 예민한 문제인 것이, 보고서 챕터마다 저자명을 빼기로 한 기관의 규정 때문에 센터에서 원하더라도 모든 저자의 이름을 넣어 줄 수 없던 것이다. 대표 저자의 이름을 민선으로 하자니 보고서 각각의 챕터를 쓴 팀원들의 눈치가 보였고, 팀원들 각각의 이름을 써 주자니 대표 저자로 넣을 이름이 필요했다.

고민하는 민선을 향해 옆 부서 실장이 고개를 갸웃거리며 어떤 종류의 보고서냐고 물었다. 보고서는 두 개였는데 하나는 회사에서만 쓰는 보고서였고 다른 하나는 정부 부처로 들어가야 하는 것이었다.

"원내 보고서는 누구 이름으로 해도 상관이 없는데요, 문제는 문체부 장관실로 가는 보고서입니다. 이 보고서에는 결국 다른 실의 보고 내용도 함께 들어가니까 중요하죠. 그런데 다른 실 보고 내용을 종합해 보자면 결국 중요한 건 이 보고서의 구도 전체를 누가 짰는가이고, 아이디어를 낸 것이 팀장님 혼자는 아닌 데다 이름만 센터이고 사실상 TF에 가까운 팀은 원장실 소속이니, 결국 성 원장님 성함을 써야겠는데요?"

그러자 문제가 갑자기 치열해졌다. 1년 가까이 고생해

서 써 온 결과물을 보고하는 사람이 민선이 아니라 원장이 되어야 한다는 건가. 그의 말투도 민선의 신경을 은근히 건드렸다. 게다가 민선이 센터장으로 승진한 지가 언제인데, 공식적인 회의에서 쓰는 호칭마저 예전 명함에 박힌 팀장이라니.

"저희 TF팀 팀원의 이름이 들어가야 하지 않을까요? 고생해서 보고서를 작성한 사람들이 있는데요."

자신이 그 보고서를 총괄해 이끈 사람이라는 말까지는 하지 않았다.

"뭐, 이름이 들어가기만 하면 되는 거라면…… 감사의 글 이런 데 쓰시면 되겠죠."

그렇게 말하고 있는 와중에도 성해윤은 한마디도 하지 않다가, 나중에야 거들었다.

"그게 규정이라면 그렇게 해야겠지요."

그 말을 듣고 민선은 얼마 전에 들은 김은해의 말을 삽시간에 떠올렸다. 생각보다 성해윤이 훨씬 똑똑할 수 있다는 말, 똑똑하다는 말은 영리하다거나 리더십이 있다는 뜻이기도 하지만 영악하다는 뜻이기도 한 것 아닐까. 그렇다면 민선 스스로 어쩌면 누군가의 마리오네트 짓을 해 온 것 아니었을까, 하는 생각을 버릴 수 없었다.

민선은 늦게까지 자리에 앉아 있다가 밤 9시가 넘어서야 회사를 빠져나왔다. 회의가 끝난 후에 부서원들이 몇 번이나 혹시 임원 회의에서 무슨 일이 있었는지 물었지만, 민선은 별일 아니라며 일부러 괜찮은 척을 여러 번 했다. 모두 민선의 눈치를 조금씩 봤으므로 민선은 퇴근 시간이 되기 전부터 어서들 퇴근하라는 말을 남겼다. 부서원들이 모두 다 퇴근하고도 민선은 한참 자리에 앉아 있었다. 해야 할 일이 남아 있는 것도 딱히 아니었고 급한 일이 있는 것도 아니었는데, 어쩐지 집에 가고 싶지 않았다.

그렇게 회사를 나와 회사 정문 앞에서 머뭇거렸다. 혼자서 시간을 애처롭게 보내고 싶지는 않았는데 재성은 야근이 있었고, 혜리는 소개팅이 있었다.

그때 민선의 눈앞으로 작은 술집이 보였다. 한 번도 눈에 띄지 않은 탓에 거기 있는 줄도 몰랐던 곳이었다. 온갖 종류의 술을 파는지 와인도 막걸리도 사케도 있다는 간판에 민선은 홀린 듯 들어갔다. 일부러 어둡게 깔린 조명, 음침한 실내, 아이러니하게도 너무 환하고 어지러운 색감의 LED 선들이 휘감긴 메뉴판.

민선은 통유리창에 밭게 위치한 검고 높은 벤치에 앉아, 정종 한 병을 시키며 회사가 있는 건물 5층을 올려다봤다. 아직 불이 켜진 사무실 몇 군데가 눈에 띄었다. 도 쿠리에 들어 있는 정종은 따뜻했고 작은 컵에 그것을 옮 겨 담으며 민선은 생각했다.

내가 저 회사에 얼마나 있었더라. 앞으로는 저 회사에 얼마나 있게 될까.

한 직장에 오래 있다는 말은 적응을 잘한다는 말일까 회사를 옮기기엔 충분히 유능하지 않다는 말일까.

한 사람을 오래 만난다는 말은 진득하다는 말일까 변화를 싫어한다는 말일까.

한 상사를 오래 모신다는 것은 그 상사가 좋다는 말일까 상황이 좋다는 말일까.

민선은 성해윤과 함께했던 시간을 되짚어 보는 중이었다. 성해윤을 통해 많은 것을 익혔고 성해윤 덕분에 이런저런 일을 해 볼 수 있었다.

성해윤은 자신이 권력을 직접 행사하지 않았다. 그저 그 자리에 있다는 사실만으로도 부하의 성과를 가로챌 수 있다는 것을 알려 주었다. 성해윤은 내 의지와 전혀 관련 없이 팀원들에게 정의롭지 않은 일을 해야 할 수도 있다는 것도 알려 주었다. 성해윤은 민선이 더 앞으로 나아갈 수 있다고 힘을 주었다. 민선이 겪는 모든 문제가 성해윤에게서 비롯된 것도 아니었다. 이것은 조직에 있는 한 마주하지 않을 수 없는 문제이기도 했다.

얼마 뒤에 누군가 문을 열고 들어와 민선 앞에 섰을 때, 민선은 이 문제가 민선 자신의 문제이기도 하다는 걸 다시 깨달았다.

'민선 씨가 좀 공격적인 면이 있다고 하시더라고요.'

방금 들어온 손님은 민선 옆에 있는 빈 의자를 꺼내 자연스럽게 앉았다.

민선은 자신을 정말 몰랐던 걸까. 그래서 그냥 무탈하고 조용히 조직 생활을 하며 지내는 것이 중요하다고 생각했던 걸까. 민선은 정말로 자신이 생각했던 것보다 훨씬 공격적이고 적극적인 사람일까.

"지나가다 민선 씨가 보이길래 들어왔지."

민선의 옆에 앉은 김은해는 하우스 와인 한 잔을 시키고는 민선을 말없이 바라보고 있었다. 민선은 김은해와의 대화가 썩 내키지 않았다.

"안주 시키면 같이 먹을래요?"

"아뇨."

복잡한 마음이 드러나지 않도록 신경을 썼지만 그렇지 않을 리 없었다. 김은해는 포기하지 않고 민선에게 말을 붙였다.

"저녁은 먹었어요?"

"아뇨."

말을 끊는 행위가 김은해에게 달갑게 여겨질 것 같지는 않았고, 그렇다고 이 복잡한 심경을 김은해에게 구구절절 말할 필요도 없었는데, 의외로 그다음에 김은해가 민선의 심정을 이해한다는 듯 부드러운 말투로 말을 이었다.

"뭐 살다 보면 다 그런 거지. 민선 씨, 그냥 털어 버려요."

민선은 당연히 김은해가 자신이 오늘 겪은 이야기를 하고 있다고 생각했다. 보고서에 이름 넣는 일쯤 아무것도 아닌 듯 보여도 이직이 잦은 이 세계에서 커리어를 쌓는 데 중요한 역할을 하니까. 아마 그래서 김은해가 그 부분을 위로하는가 보다 생각했다.

"사람들이 뭐라고 해도 그런가 보다 하면 되지. 거기에 막 흔들리면 초보지."

민선은 엄지와 검지에 살짝 쥔 정종 잔을 입술에 갖다 대고 털어 냈다. 술이 그새 미지근해져 있었다.

"그렇기는 해도. 그게 받아들이기 쉬운 문제는 아니니까요."

"원래 소문이라는 게 계속되다가 말다가 하니까. 또

얼마 안 가 없어지겠지."

김은해의 이 문장은 이상하게 민선의 기분을 나쁘게 했다. 소문이라니? 그 일이 그렇게 소문처럼 돌 일인가? 김은해의 말투는 느긋하고 다정했다. 그의 미간이 살짝 좁혀졌다 이내 풀리는 것을 민선은 보았다.

"사실 중간관리자가 진짜 힘들거든요."

김은해는 다시 다정한 언니가 되어 있었다.

"그럼, 그럼, 당연히 힘들지."

그 덕에 민선이 잠깐 신경을 놓아 버렸다.

"솔직히 제가 이 자리, 달라고 한 것도 아니고."

"그러게요. 원장님이 일방적으로 맡기신 거 알아요. 그런데 이렇게 하다 보면 민선 씨한테도 좋지 뭐. 민선 씨한테 그런 일을 시켰다는 건, 원장이 민선 씨를 인정해 준 거죠."

김은해는 잊은 말이 있다는 듯 흐린 말끝을 떼었다가 다시 붙였다.

"그래도 도는 소문이야 진짜 어쩔 수 없는 거고."

민선이 김은해 쪽으로 시선을 던졌다. 김은해가 민선의 심정을 이해한다는 듯 부드럽게 말을 이었다.

"원래 사람들은 남 말하기 좋아하잖아. 그러니까 별일 아니라고 생각해 버려. 응? 그래야 자기가 편해."

아무래도 김은해는 민선과 다른 이야기를 하는 것 같았다. 뉘앙스가 어딘가 묘했다. 사람들이 뒷말이라도 한다는 건가.

발상의 전환, 발상의 전환.

민선은 천천히 다시 말을 이었다. 어떻게든 무슨 내용인지 좀 알아야겠다는 생각이 번뜩 스쳐 김은해가 했던 말을 번복하며 운을 띄웠다.

"맞아요. 나 능력 있는 여자다, 그렇게 말하고 싶네요."

"그렇지, 그렇게 말해 버려야, 원장님도 민선 씨도 자유로워지지."

민선은 자신의 소문에 성해윤이 얽혀 있다는 느낌이 들었다.

"그 소문이 어디까지 돌았어요?"

"글쎄. 전산실 선생님들도 알고 있던데?"

소문을 가장 듣기 힘든 전산실까지 이야기가 돌았다는 건, 민선에 관한 말이 이미 회사 곳곳에 돌았다는 것이나 다름없었다. 민선은 머리를 조금 더 굴려 보았다. 김은해는 민선이 모르는 뭔가를 알고 있고, 그것이 무언지 민선은 알아야겠고. 곰곰이 김은해의 말을 떠올려 보는 중에, 가장 마음에 걸리는 말은 김은해가 원장으로부터 민선의 업무 방식에 관해 자주 들었다던 말이었다. 푸념 같던 김은해의 눈빛이 맥연히 따라붙었다.

"선임님, 혹시 이런 일 해 보고 싶으셨어요?"

그리고 김은해의 다음 말이 민선의 촉을 확신으로 변하게 했다.

"뭐, 저야 하라는 대로 할 뿐이지. 원장님이 이미 민선 씨를 TF 팀장에 세우려고 하셨으니까. 그런 소문도 사실, 인재도 일거리도 침체된 이 바닥에서 의미 있는 건가 싶기도 하고."

민선이 입을 다물었다. 김은해가 말을 이었다.

"아니, 말이면 다지. 우리 같은 기관들이 뭐 성과급이나 많이 주나요. 그런 거 생각하면 민선 씨가 대단할 정도 아닌가. 원장님이랑 커넥션이 있든 없든."

민선은 대강 어떤 말이 돌고 있는지 알 것 같았다.

"선임님이 저한테 그런 얘기하셨죠. 원장님이 저더러 공격적이라고 하셨다고. 그게 무슨 뜻이었을까요?"

"적극적이라는 거죠."

좋은 건가. 민선은 약간 헷갈리는 중이었다.

"같은 월급을 주고도 뽑아 먹는 방법을 제대로 파악하는 게 관리자가 하는 역할이니까요. 그러니까 민선 씨가

20만 원 더 받고도 그 자리에 있게 됐죠."

김은해의 말은 기분을 상하게 했지만 사실이었다. 20만 원은 민선이 센터장으로 받는 수당이었는데, 최소 연차 15년을 채우지 못한 민선은 부서장이지만 부서장이라고 할 수 없는 애매한 위치에 있었다. 월급도 팀장급과 비슷했다. 애매하게 빠른 승진을 하게 된 민선에게 예외 규정을 적용할 수 없는 탓이었다. 간부이긴 하지만 이상하게 중간에 끼인 민선. 일은 다 하고, 보상은 별것 없는 초짜 간부.

마치 그런 상황을 다 이해한다는 듯 김은해는 말했다.

"그러게 민선 씨도 너무 열심히 하지 말고 대충해요. 오늘 일도 결국 너무 열심히 해서 생긴 거니까."

위로하는 말투였다. 몇 초간 침묵이 지나고 김은해가 다시 말을 이었다. 이번에는 조금 더 강한 어조였다.

"원장님이 취임하시고 얼마 안 되었을 때 저를 불러서 그러시더군요. 김은해 씨는 최민선 씨와 다르게 조용히 일하는 타입이니까 자기를 보좌하는 역할을 해 달라고요."

시끄러운 팝 음악 소리에 민선의 귀가 뻥 뚫리는 것 같았다. 원장이 민선뿐 아니라 더 많은 사람을 불러 이야기를 나눴을 수 있다는 생각을 왜 전에는 해 본 적이 없었을까. 심지어 민선과 김은해를 동시에 불렀을 수 있다는 생각은 도대체 왜 해 본 적이 없었을까.

"그때 그러시더라고요. 사람은 각각 할 일이 있는 것 아니겠냐고. 구성원은 구성원대로, 원장은 원장대로."

민선은 그즈음 한참 원장에 관한 나쁜 소문이 돌던 것을 기억해 냈다. 원장이 된 후에 업무 파악하느라 원장실에서 나오지 못한 그때, 신임 원장이 벌써 못된 것만 배워서 업무 파악을 핑계로 법인 카드로 밥이나 먹으러 다닌다는 소문에 휩싸여 있었다.

"그러고 보면 다들 적당히 사기 치면서 사는 거지."

김은해의 말에 민선이 고개를 들었다. 와인 한 잔에 벌써 취기가 도는지 김은해의 볼은 붉게 달아올라 있었다.

"그렇잖아요. 자기 자리에서 다들 적당히 욕먹을 각오하는 거죠. 윗사람이라면 팀장도 욕하고 부장도 욕하는데, 원장은 그렇지 않겠어요? 원장이라는 직함 자체가 모두의 욕받이가 되는 거지. 그러니까 아랫사람이 원장 욕하는 건 그냥 너무 자연스러운 일이에요. 적당히 거리 두고 자기랑 같은 부류 아니면 적당히 오해하기로 하고."

"원장님 나름 좋은 분인데요."

김은해가 웃기 시작했다. 처음에 입술 사이가 흔들리

며 푸우 하는 소리가 크게 나서 입에 담은 와인을 쏟아 내는 줄 알았다.

"민선 씨, 최민선 센터장님. 원장님도 그냥 사람이에요. 좋은 사람, 나쁜 사람이 어딨어. 그냥 다 사람이지. 그거 알아요? 아침부터 저녁까지 원장님이 먹고 마시는 것, 내가 다 커버해요. 서류도 만들어 드리고, 없는 간담회도 만들어서 써 드리고, 그거 다 법인 카드로 쓰는 거거든."

민선은 아까 회의에서 성해윤의 태도가 생각났다. '규정이 그렇다면 어쩔 수 없다'라고 말하던 성해윤은 매우 느긋해 보였다. 정말이지 옛말처럼 자리가 사람을 만드는 건가.

"원장님이 부탁하셨어요?"

김은해는 살짝 윙크를 해 보였다.

"원장님이 그거 하나하나 다 하고 있다고 생각해 봐요. 밖에 나가서 무슨 일을 하겠어. 그거 하는 사람도 있어 줘야 하지 않겠어요?"

"그게 선임님 본연의 업무는 아니잖아요."

아니지, 아니지. 하면서 김은해는 고개를 저었다.

"그러면 원장님을 도와서 선임님한테 좋은 건 뭔

116

데요?"

"저는 원할 때 대체 휴가를 받기로 했죠."

그 말을 듣고 민선은 그날을 떠올렸다. 성해윤을 처음 만난 날, 민선이 원장에게 요구한 것이 없었다는 사실에 민선은 좌절했다. 자신이 똑똑하게 사회생활 하고 있었다는 믿음이 갑자기 무너지는 것 같았다. 죄다 착각인 것 같았다. 오히려 교묘하게 상황을 이용할 줄 아는 김은해가 자신보다 훨씬 나은 사회생활을 하는 것 아닐까 싶은 마음도 들었다.

"선임님이 저보다 나은 것 같네요."

"나도 얻을 게 있으니까 하는 거지."

김은해의 눈 아래가 살짝 떨렸다. 그것도 진심이라면 그 말을 이렇게 꺼내 놓는 김은해는 정말 어떤 방면으로든 대단한 사람 같았다.

그 탓이었을까, 민선은 어쩌면 하지 말았어야 좋았을 이야기들을 하기 시작했다. 어떤 생각으로 원장님이 TF팀을 구축하게 되었는지, 민선이 어떻게 그 자리에 들어가게 되었는지, 그 자리에서 민선의 역할과 미래 조직의 비전에 관해 어떻게 설명했는지.

원장의 법인 카드 정리를 맡고 있는 김은해가 알고 있

는 정보는 민선의 생각보다 훨씬 많았다. 원장이 누구를 가장 많이 만나는지, 그 자리에서 어떤 이야기가 오가는지, 회사 내에서 원장이 가장 신임하는 사람은 누구일지까지 김은해는 말해 주었다. 원하지도 않은 일이었지만 그 명단에 자신이 없다는 사실에 민선은 몸에 있던 힘이 빠져나가는 느낌이었다.

"실망했어요? 에이, 그 정도 가지고 뭘 실망해. 원장이 누구 한 명만 신임한다는 생각이 착각이지."

김은해의 그 말이 또 너무 맞는 말이었다. 다시 한번 힘이 온몸에서 쑥 빠져나가는 느낌이었다.

"민선 씨가 이런 타입이라는 걸, 원장은 진작 간파한 거라고요. 그렇게 보이지 않아도 숨은 열정이 있어, 민선 씨가. 성해윤이 진짜 똑똑한 거죠."

오늘 임원 회의 때 있던 에피소드에 대해서도 김은해는 해 줄 얘기가 많았다. 2년 동안 대부분의 보고서가 성해윤의 이름으로 보고되었고, 여기저기 보고서 세일즈에도 능해서 원장의 이름이 점점 자주 청사 내에 오가고 있다는 것도, 성해윤이 자신의 다음 경력을 고려해 우리 기관처럼 작고 상대적으로 다루기 쉬운 기관을 징검다리로 선택해 원장으로 왔다는 것도 김은해는 잘 알고 있다는 듯 말했다. 김은해의 마지막 말이 대화의 끝에 온점처럼 찍혔다.

"원장님이 보기보다 야망 있는 사람이에요."

민선은 비어 있는 정종 도쿠리의 입구를 자꾸만 집게 손가락으로 문지르고 있었다. 생각 많은 표정을 김은해에게 들킨 탓인지, 김은해도 별말 없이 빈 와인 잔 베이스 부분을 잡고 천천히 돌려 대기만 했다.

지금 이 순간 민선에게 가장 놀라운 것은 성해윤이 민선과 김은해를 동시에 불러 서로 다른 업무를 지시했다는 것도, 성해윤이 자신의 이름을 앞세워 보고서 세일즈와 기관 홍보에 열심히라는 것도 아니었다. 가장 놀라운 건 내막을 다 알고 있던 김은해였다.

동기인 김은해와 친해질 기회를 많이 날려 먹었다는 생각이 번뜩 들었다. 같은 회사에 오래 함께 다녔지만 김은해와 밥을 먹은 일도, 이렇게 술을 마시는 일도 손에 꼽을 정도였다. 김은해와 진작 친해졌더라면 조직 생활을 조금 더 영리하게 할 수 있었을까? 그런 생각을 하다가 민선은 조금 우울해지기도 했고, 후회되기도 했다. 그런 출렁이는 마음에, 괜히 도쿠리를 한 병 더 시켜 김은해와 나눠 마셨다.

그 밤 김은해와의 만남 뒤에, 민선은 성해윤 앞에서 '공격적인' 면을 보이지 않기 위해 최선을 다했다. 성해윤이 무언가를 제안하면 답하기 전에 김은해에게 먼저 의견을 묻기도 했다.

　　폴란드 국회 문화상임위 방한 시 의전이나 미국 정부와 공동 주최하는 K-POP 문화 행사 건 같은 큰 이슈에 대한 의견에서부터, 성 원장과의 회의 때 나눈 대화 일부의 뉘앙스 같은 것도, 민선은 김은해와 나누기 시작했다.

　　김은해는 자신이 아는 선에서 정보를 주기도 했고, 가끔 넌지시 누군가에게 상황을 되물어 알려 주는 것 같기도 했다. 민선이 한 발 다가가면 김은해도 어느 샌가 민선에게 더 가까이 와 있었다. 김은해는 가깝다고 생각하는 관계에서만큼은 호방한 제 성격을 여과 없이 드러냈다. 그러다 보니 둘은 회사 일에 관한 대화에서도 뉘앙스를 달리했다. 민선이 업무와 얽힌 대화라면 조심스럽게 이야기를 꺼내는 반면, 꼼꼼하고 내성적인 줄 알았던 김은해는 성해윤의 업무를 보조하면서 생겨난 재밌는 일들을 마치 친구들과 나누는 듯 유쾌한 이야기로 풀어냈다.

김은해가 워낙 주변 시선을 신경 쓰지 않는 탓에 가끔 민선의 마음이 철렁 내려앉기도 했다. 회사 주변을 돌아다니면서, 회사 주변 식당에서, 카페에서, 김은해는 떳떳하고 적나라하게 본명을 지목해 가며 작지 않은 소리로 말했다. 이니셜이나 소품 같은, 다른 사람들이 알 수 없는 암호로 회사 사람들에 대해 말하는 것조차 쉽지 않던 민선으로서는 놀랍기만 했다. 그럴 때면 공격성을 가장한 적극성은 민선이 아니라 김은해에게 잘 어울리는 단어가 아닐까, 민선은 생각하기도 했다. 그 말이 김은해 자신을 거울처럼 비추는 말 아니었을까 싶은 일도 빈번했다.

어쨌든 민선에게 김은해와의 대화가 조심스럽지 않았느냐면 그것은 아니지만, 김은해가 가져오는 정보의 질이 가끔 놀랍도록 고급스럽기도 했고, 무엇보다 습자지에 퍼지는 액체처럼 천천히 스며 가는 김은해와의 유대감이 민선에게 안정감을 주었다. 과거의 멍청한 사회생활을 반복하지 않는 데서 김은해와의 대화는 쓸모를 다했다. 회사 생활이 재미있어지는 건 덤이었다.

가끔은 누군가를 껌 씹듯 씹어 대는 이 상황에서 묘한

통쾌함을 느낀다는 사실이 서글퍼졌다. 결국 조직도, 사회생활도, 일이 아니라 관계의 문제라는 것이. 그래서 그 관계의 문제를 풀어내려고 고민하면서 결국 하는 것이 다른 쪽과의 관계를 끈끈하게 하는 일이라는 것이. 무엇보다 잘 모르는 사람일수록 그 사람을 알아내기 위해 하는 일이라는 게 그 사람 주변에 있는 다른 이들의 마음을 물어보는 거란 것이, 가끔 민선을 깊이 침잠하게 했다. 그럴 때면 알 수 없는 우울감이 민선을 급습해 오는 것 같아 서글퍼졌다.

사건은 그다음에도 계속 이리저리 방향을 틀며 이어졌다. 성해윤에 대한 이야기를 공유하면 할수록 김은해의 행동도 주시하게 된 것이다. 김은해가 성해윤의 일을 밀착해 도와준다는 사실을 알게 된 이상, 김은해가 대체 휴가까지 받으며 그 일을 하고 있다는 걸 깨닫게 된 이상, 성해윤과 김은해의 이상하게 끈끈한 관계가 민선의 머릿속에 밟히지 않을 수 없었다.

특히 메신저에서 김은해가 원장실에 간다고 하고 갑자기 말이 없어지는 순간에, 민선은 쉽게 설명할 수 없는 불안감을 느꼈다. 김은해가 성해윤과의 단독 미팅 직후에 그날 있던 이슈를 에둘러 눙치거나 말하지 않거나 그날 성해윤의 컨디션 같은, 민선으로서 크게 관심 없을 주제에 집중하는 방식으로 들려줄 때면 더욱 그랬다. 민선으로서는 점점 둘이 나누는 이야기의 속살이 궁금해졌다.

그 덕분에 성해윤에 대해 궁금하던 감정이 어느 샌가 김은해를 향해 가기도 했다. 갈 방향을 알지만 가끔 다른 항로를 향해 노를 저을 수밖에 없는 대양의 돛단배처럼, 그렇게 민선은 성해윤과 김은해 사이에서 이상한 줄타기를 하면서 매일 출근했다. 이상한 궤도의 소용돌이 안에 갇혀 버린 것 같은 느낌을 자주 받으면서.

부쩍 더워진 5월 마지막 주의 어느 날이었다. 어제는 더웠다가 오늘은 추운 날씨가 이어졌다. 천천히 더워지거나 천천히 추워지면 좋을 텐데, 정체를 잃은 날씨가 하루는 봄을, 하루는 여름을 닮아 몸의 적응을 어렵게 하기만 했다.

민선에게도 그런 날이 이어졌다. 적응할 수 없는 감정들이 민선의 마음을 헤집어 놓은 후에 또 다른 감정들이 민선을 찾아왔다. 매일 달라지는 날씨처럼 감정이 몰아쌓은 파도가 매순간 다른 속도와 너비로 너울지던 날들이었다. 그날 역시 그런 아침이었다. 출근하는 성해윤의 차를 보았을 때, 민선은 회사 건물로 들어가기를 멈추고 잠깐 숨을 골랐다.

성해윤의 차 조수석에서 문을 열고 나오는 사람이 김은해인 걸 발견한 뒤에, 건물로 그냥 들어가기 쉽지 않은 탓이었다. 몸이 얼어붙은 듯 주차장 그늘에 서 있었고, 들키지 않게 하려고 어두운 곳으로 살짝 비켜섰으며, 두 사람의 말소리를 잘 듣기 위해 귀는 활짝 열었다.

"원장님, 오늘은 파스텔톤 원피스 입으셨어야 한다니까요."

김은해가 하는 말을 민선은 듣고 있었다.

"그렇게 입으면 오늘은 너무 튈 거라니까."

성 원장의 문장은 날카롭게 들렸지만 말투는 둥글둥글했다. 김은해가 소리를 약간 더 높여 말했다.

"거기 죄다 칙칙한 남자들이니까 당연하지. 그리고 튀니까 튀죠. 어떡해요 그럼, 사람이 그냥 튀는걸."

다정이 곳곳에 묻어 있는 말투였다. 민선은 가방 손잡이를 꾹 쥐었다.

도대체 김은해는 성해윤을 어디까지 아는 걸까. 김은해는 지금 성해윤의 어떤 점을 공략하고 있는 걸까.

"원장님 제가 비서님 통해서 보내 드릴게요. 이번에

원장님 좋아하시는 브랜드에서 신상 원피스 하나 나왔던데 딱 원장님 거예요. 진짜 완전."

그 목소리를 들으면서 민선은 김은해가 했던 말을 떠올렸다.

"나도 얻을 게 있으니까 하는 거지."

대체 김은해가 얻고 싶은 게 또 뭘까. 그런 생각이 들수록 자꾸만 알 수 없는 자괴감이 따라붙었다.

민선은 성 원장과 김은해가 깊은 소용돌이 같았고, 그 안에 자신도 점점 갇혀 가는 듯한 모습에 달갑지 않았다. 김은해는 무언가를 얻기 위해 민선까지 이용하고 있는 것 아닐까. 어쩌면 자신도 김은해의 손에서 놀아나고 있는 것 아닐까. 민선 역시 김은해의 쓰임 안에 있는 게 아닐까.

여기는 친구 놀이를 하는 곳이 아니라, 어디까지나 직장이니까. 그런 기분이 들자 찾아 든 새로운 마음은 좌절감이었다. 직장에서 누군가를 신임한다는 건 바깥에서 말하는 신뢰나 믿음과는 전혀 다른 층위의 것이 아닐까, 하는 생각에서 좀처럼 벗어날 수 없었다.

그 뒤로 불규칙적이고 끈질기게, 김은해와 성해윤이

함께 있던 그 장면과 두 사람의 표정과 말투가, 그들과 나눈 대화가, 민선의 머릿속에서 맴돌았다. 성해윤이 민선을 이용하는 거라면, 김은해 역시 민선을 이용하지 않을 이유가 없었다. 성해윤과 김은해도 서로 이용하는 것 같았다. 더 견딜 수 없던 건 민선도 누군가를 이용하지 않으면 바보가 될 것 같은 기분이 들기 때문이었다. 어디까지가 진심이고, 어디까지가 연극인 줄도 전혀 모르겠는 데다가, 그게 연극이면 어떻고 진심이면 어떠냐고 말하는 김은해의 사고방식이, 어쩐지 망치로 명치를 깊이 얻어맞은 것 같은 느낌을 주었기 때문이다.

물론 이 줄다리기는 언젠가는 어떤 방식으로든 끝날 것이 뻔했다. 결국은 성해윤도 원장 자리에서 물러날 테고 김은해도 민선 자신도 이 회사에서 평생 있지는 못할 터였다. 그러니까 민선의 인생에 몇 년 동안 엮일 시절 인연에 불과한 이들이 민선의 기분에 이런 정도로 영향을 준다는 사실이 절망적이었다.

한편으로는, 만약에 직장에서 맺은 관계가 다 그런 것이라면, 며칠 전 민선의 생일을 챙겨 주지 못한 서운한 마음에 케이크 쿠폰이라도 보내 준다던 후배도, 민선에게 인생 조언을 해 주곤 하는 퇴사한 선배도 모두 다 같은 직장에서 만난 사람들 아닌가 싶었다. 심지어 민선의 가장 친한 친구 혜리도 민선에게는 공기 같은 존재인 재성도 결국 누군가의 선배이자 동료인 직장인들 아닌가. 성해윤과 김은해는, 지금 같이 일하는 사람들은 민선의 인생에 의미가 전혀 없는가.

그런 복잡한 마음 틈에서 민선은 종종 자신이 현실에서 한 발쯤 떠다니는 느낌을 받았다. 출근하면서 회사 이름이 쓰인 간판을 볼 때마다 소용돌이 속으로 저도 모르게 버둥거리며 빨려 들어가는 것 같은 감정이 점점 강해지는 중이었다.

빠져나가고 싶었다. 그냥 아무것도 아닌 시절로 돌아가고 싶어졌다. 그냥 아무 생각 없이 출근하던 때가 훨씬 좋았던 것 같은 기분도 자주 들었다. 평소에 믿지도 않던 신을 머릿속으로 데려와, 버틸 힘을 더 달라고 해 본 적 없는 기도를 하기도 했다. 별일도 아닌 일에 괜히 예민해지는 자신이 무력하게 느껴졌다.

김은해에게서 메시지가 왔던 것은 다음 날 오후였다. 어차피 김은해에게도 이용당할 거고, 성해윤에게도 이용당할 거라면, 민선도 제 영역을 지키면서 영악하게, 아니

영민하게 적당한 선에서 그들을 이용하면 된다는 결론에 이른 다음 날이기도 했다.

김은해는 민선에게 어제 오후 함께 커피 마시자던 약속을 잊어버려 미안하다고 했다. 다른 급한 일이 좀 있었다고 덧붙여 말했다. 문자로 하는 것이었어도 상냥하고 예의 발랐다. 민선은 비아냥거리고 싶었다. 그 급한 일이라는 게 원장님의 파스텔톤 원피스를 논하는 거였냐고 물어보고 싶었다. 솟아오르는 모난 마음을 누르면서 민선은 메신저로 인사했다.

-그런데 민선 씨 알고 있었어? 노조가 움직인대.

직원이 겨우 50명뿐인 회사에 무용지물로 있는 그 노조를 말하는 거냐고 물으려다가 민선은 글자 쓰는 것을 멈췄다. 민선도 간부급이 된 이상 간부가 아닌 김은해에게 어쭙잖은 말을 했다가 어떤 반응을 일으킬지 모르는 일이었다.

-응, 원장님이 자기 네트워크에 있는 사람들한테 사업비 막 퍼 줬던 거, 노조에서 작정하고 물어뜯을 것 같던데.

흠. 민선의 입술 사이에서 큰 숨이 새어 나왔다. 상냥해 보여도 김은해는 지금 민선을 떠보는 것 아닐까 하는 생각이 문득 들었다. 어찌 되었든 민선은 관리자

측 정보를 쥐고 있을 가능성이 높으니까. 그러자 민선은 어쩐지 이대로 김은해에게 이용당하고 싶지 않은 느낌이었다.

김은해가 손에 쥐고 있다는 정보란, 원장이 사업비를 퍼 줬다기보다는 그가 아는 네트워크에 있는 사람들을 회사의 사업에 좀 관여하게 한 것을 말하는 것 같았다. 그래도 아 다르고 어 다른 세계니까, 그 말이 김은해의 말처럼 해석될 여지는 충분했다.

-그렇게 이야기될 만한 거라면 회사 내에 있는 웬만한 사업이 다 건드려져야 할 것 같은데요.

민선은 그 말 다음에 뭐라고 답해야 할지 몰라 비어 있는 채팅창만 바라보고 있었다. 김은해가 다음 말을 이었다.

-그것뿐이 아냐, 원장님이 이번에 휴대폰 바꾸실 때 법인 카드를 좀 긁어 썼거든? 그것도 걸릴 것 같고.

이야기를 막 듣고 제법 놀랐지만 민선은 차츰 정신을 차렸다.

-원장님 개인 휴대폰을요?

-그렇지 않을까?

김은해가 자꾸 시도하는 모호한 성격의 대화가 민선

의 마음을 고이 흐르게 두지 않았다. 어떻게 벌어진 일인지 정확하게 알아봐야 한다는 생각도 들었지만 그건 민선이 해야 할 일은 아니었다. 원장이 그렇게 부정확하거나 대충 일하는 사람이 아닐 거라는 건 민선도 김은해도 사실 아는 것 아닌가. 그 사안들이 노조의 귀에 들어가고 증거를 입수해 어떤 주장을 펼치기 위해 사용될 거라는 건 전혀 다른 차원으로 문제가 변형될 수 있다는 뜻이기도 했다.

-원장님이 사업비를 함부로 쓰셨다는 증거는 있고요?

김은해는 한참 동안 말이 없었지만, 메신저 창은 계속 활성화되고 있었다.

-원장실로 나온 전산 장비 구입비 1,000만 원이 있었는데, 그게 원장님 개인한테 나온 건 아니었거든. 근데 원장님이 물품 등록도 없이 그걸 본인 전산 장비 사들이는 데 써 버렸지 뭐야.

민선은 그 말을 읽으면서 점점 자신의 표정이 굳어 가는 것을 느꼈다. 민선의 TF팀이 만들어질 때 새로 필요해진 전산 장비들이 있었는데, 그 장비를 구입할 여력이 없자 원장실로 들어왔던 다른 종류의 예산을 끌고 와 TF팀을 위해 쓸 수 있도록 배려한 사람이 성해윤이기 때문이었다. 특히 성해윤은 노트북 같은 것에 괜한 국가관리번호가 붙으면 사람 귀찮게 하니 스티커를 붙이지 않도록 자신에게 직접 나온 예산으로 민선 편에 노트북도 하나 제공했는데, 김은해의 말을 가만히 듣고 있자니, 바로 그런 예산들을 말하는 것 같았다.

그리고 새로운 생각도 들었다. 비서실의 석준호 씨가 노조 위원이라는 것, 김은해가 중간에서 어떤 역할을 했을 가능성이 충분하다는 점. 그런 의심이 가지 않을 수 없는 점들이 떠올랐다. 아니, 그런 생각들이 머릿속을 가득 채우지 않을 수 없었다. 왜냐하면 그 모든 게 민선 자신을 향하지 말란 법이 없기 때문이었다.

＊

민선은 근로자이면서 조직을 이끄는 관리자였다. 그 두 가지 역할이 모두 민선에게는 책임이고 의무였으며 해야 할 일이었다. 어느 한쪽에 정확히 설 수 있거나 어느 한쪽이 더 우세했다면 문제가 더 쉬웠을지 모르지만, 민선은 그 경계선에서 스스로 자신의 할 일을 정해야 했다. 경험치를 늘릴수록 경계에 서는 일은 더 많아졌다. 삶이란 선택과 선택에 대한 책임, 오직 두 가지로 이루어져 있는 것 같았다.

문제는 그것뿐만이 아니었다. 어떤 것이 내게 유리한 선택인지 알 수 없는 일이 훨씬 많다는 것. 멍청하게 한자리에 서 있다가는 뒤통수를 맞기 십상이라는 것. 그런 선택과 선택을 빙자한 고민이 삶에서 늘 별책 부록처럼 따라붙고 있다는 사실이었다.

민선이 오늘 외근을 나온 이유는 오후에 있는 워크숍도 워크숍이었지만, 성해윤이 자리에 없는 오전 시간을 이용해 하고 싶은 일이 있었기 때문이다.

점심 직전에 민선은 친한 학교 선배가 있는 예산처에 잠깐 들렀다. 선배가 예산처에서 엄청난 직위에 있는 것은 아니었고, 감사나 감찰에 결정적인 영향력을 행사하는 정도의 권력을 지닌 사람도 아니었지만, 민선은 선배로부터 적어도 도움이 될 만한 이야기를 들을 수 있을 거라고 생각했다.

선배는 회사 로비 카페에 있는 플라스틱 재질의 희고 낮은 의자에 앉으며, 점심 식사를 하자고 하지 어째서 이렇게 급하게 찾아왔느냐고 물었다. 민선은 다른 얘기는 다음 달에 선배 청첩장 돌리는 모임을 할 때 다시 하자고, 지금은 뭘 좀 간단히 알아보러 왔다고만 했다. 선배가 건넨 아이스 아메리카노를 마시며, 김은해가 했던 이야기를 조심히 건넸다. 오늘 국감 이슈였던 성해윤의 이야기도 곁들였다. 그러곤 혹시 이것이 기관에 어떤 영향력을 끼칠 사안이라고 판단하는지 물었다.

"너네 기관이 크지도 않고, 별 이상 없을 텐데."

선배는 단호했다. 크게 보면 별것 아닌 일도 기관 안으로 들어가면 첨예해지는 것들이 있는데 바로 그런 사안 아니겠냐고 되물었다.

"그러면 선배, 이게 횡령 같은 이슈로 변질될 가능성도 있을까?"

민선의 질문에 선배가 빠르게 답했다. 민선의 선배는 이미 돌아가는 상황을 파악하고 있었다. 아마 구체적으로는 몰랐더라도 국감을 살피며 대강의 상황은 파악하고 있던 탓이겠거니 싶었다.

"지금 국감에서도 너네 기관에서 무슨 일이 일어나는지 핵심은 못 잡고 있잖아. 진짜 내부 사정은 파내기 쉽지 않지. 다 같이 죽자는 거니까. 그냥 노조가 막 움직이기 시작했는데 그게 들불처럼 번질 것 같으니까, 그 원인이

뭔 줄 아느냐고 물어보는걸."

"그러면 국감에서 쟁점이 되는 건 뭐야?"

"이슈를 만들려고 하는 거지 뭐. 국감은 잡아내는 게 일이거든. 마감 다가오는데 아직 실적을 못 올렸다면 어쩔래? 뭐라도 실적을 내야 할 거 아냐. 그게 큰 건이면 더 좋고. 그냥 뭐라도 낚싯줄에 걸려 올라오기만 해 봐라, 국감이 그래. 국민을 대변하긴. 상대 쪽 발라낼 거 없나 두리번 중인 건데."

그 말을 듣고 민선은 말없이 생각에 잠겼다. 얼음 한 조각의 끝이 닳아 음료 안으로 쑥 들어갔다.

김은해가 했던 말 중에 이런 말이 있었다. 서로 적당히 사기를 치면서 사는 것 아니겠냐고. 사람은 다 제각각 할 일이 있는 것이라고. 원장은 원장 자리에 앉아 있다는 사실만으로 그냥 욕받이가 되기도 하는 거라고.

그 말을 되새김질하며, 민선은 아이스 아메리카노에 꽂은 빨대 끝에 입술을 가져다 대고 힘차게 빨아올렸다.

"근데 너 어쩐 일이냐? 커피는 뜨거운 것만 마시던 애가?"

그렇게 묻는 선배를 향해 웃어 보이면서 민선은 말했다.

"전통의 역습."

선배는 무슨 말 하는지 모르겠다는 듯 씩 웃고는 다시 자리에 들어가야 한다며 떠났다. 민선은 선배가 가고 한참 동안 자리에 남아 음료를 마시며, 멀지 않은 장소에서 개최될 워크숍이 시작될 때까지 노트북으로 필요한 작업을 했다. 성해윤이 민선을 생각해 마련해 준 최신형 노트북의 로고를 볼 때마다 괜히 관자놀이가 묵직해지는 기분이었다.

✦

애초에 문체부 장관이 온다는 소식을 전해 준 것은 성해윤이었다. 민선은 그것을 KTX 역에 도착해 이미 들어와 있던 문자를 보면서야 깨달았다. 장관이 타고 있는 KTX는 다행인지 연착되어 5분 늦게 플랫폼에 도착한다고 적혀 있었다. 민선은 그 안내 표지를 보면서 거친 숨을 몰아 내쉬었다. 차라리 다행이었다.

그렇게 주머니에 있던 휴대폰을 꺼냈을 때, 민선은 성해윤의 문자를 읽었다. 성해윤은 비서실 준호 씨가 민선에게 전화하기 전에 문자를 남겨 두었었다. 그래도 믿을 만한 사람은 민선인 것 같다고, 문체부 장관이 오는 중이고, 다른 게 아니고 취임 이후 첫 번째 고위직 발탁이 목적이라고.

민선은 이 모든 열쇠가 맞춰지는 듯 맞춰지지 않는 것 같았다. 국감이 한창인데 내일 당장 국감장에 가야 하는 장관이 부처의 특정직을 뽑기 위해 인물을 물색하러 구주까지 오는 중이라니.

김은해는 성해윤이 '야망이 있는 인물'이라고 했다. 이렇게 차츰 성해윤은 일의 중심으로 들어가게 될 것이다. 성해윤이 원했던 게 이런 거였을까. 성해윤이 보낸 문자는 사실일까, 성해윤의 생각일까. 만약 장관이 국감 내용 때문에 구주에 오는 것이 아니고 정말 성해윤의 말처럼 인물 발탁을 위해 오는 것이라면, 성해윤은 민선을 어느 정도로 믿고 있는 걸까. 대체 민선의 무엇이 성해윤에게 믿음을 주었을까. 원하는 게 확실했던 김은해, 뭐가 뭔지 몰라 분투하는 민선. 성해윤이 두 사람을 바라보는 방식은 어떤 게 진짜일까. 무엇보다 문체부 장관을 만나면 민선은 어떻게 해야 하는 걸까.

장관이 탄 KTX가 구주역에 도착하기까지는 1분이

남았다.

민선은 이제 도무지 모르겠다. 돌아가는 상황은 물론이거니와 제 마음이 무엇을 원하는지도 잊어버렸다.

음료 거치대에 있던 파란색 텀블러가 손에 들려 있었다. 민선은 텀블러를 열어 미지근해진 보이차 한 모금을 마셨다. 이 차가 주는 것은 마음의 안정이라고, 재성은 말했다. 이걸로 마음이 안정된다면 백 모금이라도 마시고 싶다.

김은해와 가까워지기 전까지 민선에게 성해윤은 꽤 그럴듯한 상사였다. 그날 김은해를 만나지 않았더라면 민선은 성해윤의 태도를 거듭 의심하지 않았을지도 모른다. 김은해를 만나기 이전과 이후에 성해윤의 태도는 다르지 않았다. 민선이 그날 김은해의 이야기를 듣고 난 후에 성해윤의 의도가 달리 보였을 뿐이다. 마음이라는 게 이렇게 힘이 없다.

성해윤이 민선에게 진짜 잘못한 게 있었나. 민선에게 김은해를 험담하고 못된 사람이라고 했나. 김은해와 민선 사이를 갈라 놓기라도 했나. 둘이 만나면 안 된다고 으름장을 놓았나.

이것도 저것도 아니라면 민선은 성해윤의 무엇을 의

심하나. 성해윤은 그저 자신이 할 수 있는 나름의 사회생활을 하고 있었을 뿐인데.

KTX가 산천어 대가리를 닮은 얼굴을 들이밀며 플랫폼 안으로 진입하기 시작했다. KTX 전광판에는 장관이 탄 열차가 플랫폼으로 진입하는 중이니 안전선에서 물러나 달라는 글자가 빨간색으로 깜빡이며 지나갔다. 민선은 속도를 줄이는 열차의 반투명한 유리 위에, 흑빛으로 변한 채 반사되는 자신의 얼굴을 멍하니 바라보았다.

장관은 성해윤 원장 대신 민선이 이곳에 와 있게 된 경위를 물을까. 고위직 발탁이 쟁점이라면 혹시 성해윤에 대한 민선의 생각을 궁금해할까. 그렇다면 민선은 어떤 입장을 취하며 말해야 할까. 민선이 지금 성해윤에게 가진 이 이상한 이중의 감정이 설마 성해윤의 앞길을 막을 정도로 힘이 있을까.

그 사이 KTX가 완전히 플랫폼에 정차했다. 민선은 2호실과 3호실 문 사이에 섰다.

성해윤은 장관에게 어떤 사람이어야 하는가?

이윽고 KTX의 문이 열렸다. 첫 번째 사람이 구주역에 발을 딛는 게 눈에 띄었다.

성해윤 정도면 능력이 출중하다는 사실을 민선이 안다는 것, 그것이 민선의 발목을 잡고 있다. 성해윤이 아니라면, 대체 누가 이 바닥에서 깨끗하고 모범적인 인간일까?

다섯 명 정도의 사람들이 밖으로 나온 후에, 장관이 두리번거리는 모습이 보였다. 자신이 아는 사람이 마중 나왔을지 찾는 것이겠으나, 그를 마중 나온 사람은 민선뿐이었다.

민선은 두리번거리는 장관 앞으로 가서 제 소개를 했다. 긴장을 숨길 수 없어 약간 톤이 높은 목소리를 냈다. 그러자 장관이 이름을 듣고 민선에게 알은체했다.

"최민선 센터장, 성 원장에게 이야기 많이 들었습니다."

민선의 귓속으로 잠시 정적이 지나가는 느낌이었다. 민선이 아무 말도 못 하고 있자 장관이 되레 친근하게 말을 붙였다.

"제가 성해윤 원장에게 민선 씨를 보고 싶다고 했어요. 일부러 나와 줬으면 한다고도 말했죠."

놀라지 않을 수 없는 문장들이었다.

"저를요?"

민선이 다시 묻자, 장관이 웃으며 말을 이었다.

"네, 성해윤 원장을 문체부 기획실로 데려가고 싶어서 여러 번 콘택트 했는데, 성 원장 말이, 믿을 만한 사람 한 명을 데려가고 싶다고 하더군요."

민선은 이야기를 들으면서 제 차가 있는 곳으로 장관을 안내했다. 장관이라면 으레 의전 차량에 수행원까지 대동했을 텐데, 이번에는 그런 것조차 거부했다. 장관은 이야기를 이어 갔다.

"그 믿을 만한 사람이 원장실 TF팀을 센터로 끌어낸 경험이 있는 최민선 센터장이라고, 벌써 세 차례쯤 그 얘기가 오갔어요. 그런데 본인의 거취가 확정되지 않은 상태에서 센터장에게 이런저런 이야기를 해 주기가 뭐하다고 하더군요."

민선은 순간 호흡이 잠깐 불규칙하게 흔들리는 것을 느꼈다. 성해윤과의 사이에 파편처럼 흩뿌려진 기억의 조각들도 하나하나 어렴풋이 맞춰지는 느낌이었다. 일을 잘한다는 이야기를 한 적은 없었지만 민선이 하는 일을 막아선 적도 없던 성해윤이다. 민선은 정말이지 하늘에 뜬 구름 위에 서 있는 느낌이었다. 어쩌면 성해윤은 민선에게 진심이 아닌 적이 없었던 것일지도 몰랐다.

"그래서 제가 구주에 갈 일이 있는 김에 최 소장을 만나 보고 읍소를 한 번 해 보겠다. 그랬습니다."

　장관은 허허 웃었다. 민선은 텀블러를 손으로 꽉 쥐었다. 이미 텔레비전이나 인터넷 기사 사진으로 익숙해졌음에도, 막상 만나는 건 처음인 이 사람도 첫인상이 모나 보이지는 않았다. 도리어 조금 부드럽고 유연한 데가 있는 것 같기까지 했다. 그러자, 도대체 누군가의 인상을 판단하는 게 좋은 건가 싶은 마음도 들었다. 그러게, 성해윤은 누구일까? 민선은 성해윤에 대해 얼마나 알고 있을까? 성해윤에 대해 알고 있다는 게 중요하긴 할까?

　무엇보다 이런 묘한 상황에서, 장관인 그가 읍소하는 상대가 민선이라는 게 가장 이상한 일 같았다. 장관은 민선에게, 혹시 시간이 되면 자신을 민선과 성해윤이 있는 기관이 아니라 전혀 다른 기관에 데려다줄 수 있는지 물었다. 그곳에 면담이 있어서 오는 길이라는 거였다.

　민선은 물론이라고 답하면서, 에스컬레이터로 장관을 인도하다가 계단에서 급히 내려오는 여자와 몸을 부딪쳤다. 그 사람이 들고 있던 핸드백이 손에서 떨어져 나가 바닥에 나뒹굴었다. 그가 손에 들고 있던 파일들도 플랫폼 바닥에 어지럽게 흩어졌다.

"죄송합니다."

민선이 말하는 동시에 그도 같은 말을 하고 있었다.

민선은 파일 몇 개를 함께 들어 주었고, 그가 괜찮다고 말하며 파일을 서둘러 정리해 품에 안으며 KTX 쪽으로 가는 것을 바라보다가, 장관을 위해 손으로 방향을 안내해 주고는 자신도 에스컬레이터에 올랐다. 실크 재질로 흰색과 갈색이 비스듬하게 배열된 체크무늬 리본이 바닥에 떨어져 나뒹굴고 있었다. 방금 민선과 부딪힌 사람이 떨어뜨린 물건에 붙어 있던 것 같았다.

민선은 시선을 돌려 방금 KTX 쪽을 향해 가던 사람을 바라봤다. 그는 이제 막 기차에 오르는 중이었다. 볼은 발갛게 달아올라 있었고 구두 신은 걸음을 서두르는 게 기차 시간까지 빠듯해 분주하게 움직였나 싶었다. 리본을 떨어뜨렸느냐고 소리라도 질러 알려 주고 싶었지만 민선의 상황도 여의찮았다. 옆에는 처음 만난 민선의 최종 보스가 있었고 다시 에스컬레이터를 역주행해 가기도 늦은 데다가 리본의 주인 역시 그것을 잃어버린 사실보다 기차에 오르는 사정이 더 급해 보였다.

민선은 에스컬레이터에 오르는 동안 바닥을 뒹구는 리본을 가만히 보았고, 초조하게 기차에 오르던 여자의

뒷모습을 기억해 내며 기차가 도착하기 불과 몇 분 전
까지만 해도 그와 비슷하던 자신의 모습을 새삼 떠올
렸다.

표
초
희

공생의 차원에서 해석한 경계와 비경계를 주제로 행사를 열고 싶다고 했을 때 시원찮다는 표정으로 초희를 보고 있던 건 중산예술재단의 이사장 하영권이었다. 그는 눈썹을 위로 치켜들더니 방금 제안한 그 주제가 정확히 뭘 말하는 건지, 공생에 대한 것인지, 경계에 대한 것인지, 공생이라는 건 정확히 뭘 의미하는지 물었다.

이사장에게 할 수 있는 말이란 여전히 앞서 이미 했던 것들뿐이라, 초희는 머뭇거리며 입술을 뗐다. 바짝 말라 벗겨진 각질이 윗입술과 아랫입술 사이에 서걱댔다.

공생, 함께 사는 것이기도 하고 경계에 대한 것이기도 하고, 공생이라는 건 환경과 인간을 고찰하는 본질적 문제이기도 합니다만…….

이사장의 눈썹꼬리가 자꾸 매섭게 위로 들리는 바람에 주눅이 잔뜩 든 채 초희가 입술에 힘을 주며 다시 말했다.

정확히는 환경 안에서 경계와 비경계이고요. 이미지를 재조직하고 배포하는 과정을 통해, 그러니까 환경과 인간이라는 테마를 새롭게 재해석해 보면서, 인간 욕구에 대한 인식을 관찰하는 겁니다. 인공지능의 지구에는 자연과의 공생이랄 게 필요하지 않으니까, 이건 인간 존재에 대한 고찰이기도 하고요.

그러니까 이를테면 자연보호, 이런 걸 말하는 건가?

초희는 하늘을 보고 생각에 잠겼다. 줄지어진 나무의 끝이 뾰족뾰족하게 튀어나와 기하학적인 모형으로 하늘에 박혀 있는 것 같은 모습이었다. 이사장의 말이 틀린 건 아니었다.

굳이 그렇게 말하자면 그렇기도 하죠…….

침묵이 돌았다.

예술 하는 사람들은 말이지, 쉬운 말을 참 꼬아서 해.

시대를 앞서는 전시를 열겠다고 단언하더니, 너도 결국 기성 전시들과 다르지 않은 주제로 대강 때우겠다는 거 아니냐, 말하는 것이 분명한 경멸조의 눈빛도 따라붙었다. 어째서 부감독 재연이 우선 구주에 가서 하영권을 직접 만나고 오기를 추천했는지 단박에 알 것 같은 느낌이었다. 어르신은 통화나 이메일로 하는 연락보다 직접 만나는 방식의 소통을 선호하는데, 정작 행차하시는 일은 드물고 아랫사람이 가서 적당히 비위를 맞춰 줄 필요가 있다고, 재연은 충고했었다.

이사장은 호스 스위치를 꾹 누르더니 제집 정원에 높이를 잘 맞춰 관리한 잔디를 향해 물기둥을 쏘아 올렸다. 정원 옆에 있는 단이 낮은 돌담에 가지런히 박힌 현무암이 눈에 띄었다. 제주가 고향인 이사장이 일부러 가져다 만든 담이라고 들었다.

이사장이 호스를 위로 들고서 무언가를 말했는데, 물 쏘는 소리 때문에 제대로 들리지 않아 초희가 몸을 바짝 갖다 댔고, 결국 이사장이 밸브를 잠근 뒤에 다시 말했다. 한껏 차분해진 어조였다.

감독님, 비엔날레 수요보다 공급이 더 많은 나라가 대한민국인 거, 모르셨지요? 소도시에서 하는 첫 비엔날레 아닙니까. 공부 많이 하고 오셨다면서…….

이사장은 말을 잘못했다는 듯 끊었다가 다시 말을 이

었다. 기대가 크다는 중산시의 입장에 대한 말이 그 뒤에 따라붙었다.

뭐든 첫 회가 제일 중요한 거 아니겠습니까. 기준이 되니까요.

문장에 숨어든 낮게 쉬는 한숨을 초희는 들었다. 그러니까 이사장의 말을 종합해 보자면 이랬다. 아무리 예술 감독이라지만, 적당히 수요공급도 좀 따지면서, 티켓 팔 궁리도 좀 하면서, 있는 머리를 좀 쓰면서 해라.

그런 태도라면 애초에 나를 이곳에 심어 놓을 이유가 없지 않았냐고 초희는 되묻고 싶었다. 엄밀히 말해 예술 감독이 마케팅 책임자는 아니니까. 이사장이 말하는 그런 미술 전시라면 도처에 깔려 있었다. 차라리 후원을 더 받아서 상설 전시관을 차려라. 그것을 해 줄 전시 감독은 충분히 많을 거다. 초희는 이사장을 똑바로 바라보았고, 공생의 담론이 여전히 얼마나 시의성 있는지, 환경과 인간의 관계를 다룬 테마가 사회의 온 영역에서 경계를 어떤 방식으로 무너뜨리고 있는지 더 말해 볼까 생각하다가, 결국 아무 말도 없이 나왔다.

아무래도 성격 탓이었다. 그 길로 초희는 이사장의 집 앞에서 택시를 잡아 타고 구주역으로 왔다. 이사장의 집은 구주 시내에서도 한참 외곽에 모인 농가들 틈에, 경계 없고 불균형적이며 현대적인 감각으로 비죽거리듯 서 있었다. 거대한 아방궁을 구주에 만들어 놓고 집 가꾸기에 신명 난 탓에 중산에는 도대체 오는 일이 없다고, 재연이 말했었다.

결국 아무런 성과도 없었다. 행사의 제목을 결정한 것도 아니고, 다른 대규모 비엔날레들이 하는 것처럼 도시 전체를 비엔날레의 장소로 활용하면 어떠냐는 제안은 꺼내 보지도 못했으며, 재단에서 기획하는 파일럿 전시에는 와 보셔야 하는 것 아니냐고 묻지도 못했고, 중산에 대체 언제 오시냐는 질문은 생각조차 못 했다. 정말이지, 아무래도 성격 탓이었다.

이렇게 내성적인 성격을 일찍 파악했더라면 아마 진작에 작가로 진로를 결정했을 것 같기도 했다. 하긴, 20년 전에 창작 쪽에서 볼 것 없는 재능을 비춰 보이며 그 판단은 끝이 났어야 했다, 아니 끝이 이미 났다. 이 판에 어쭙잖게 끼어들어 있는 것처럼 보여도, 전시가 좋아 오래전에 시작한 데다가, 이미 걷고 있는 길을 돌아봐서 이로울 건 뭔가. 마흔을 넘겨서야 자기 파악 중이라니, 참 잘났다.

이사장의 집 앞에서 구주역에 가겠다고 나서는 콜택

시를 잡기 힘들었던 탓인지, KTX 역에 막 도착했을 때는 이미 KTX가 뱀 같은 몸통을 끌고 역 안으로 진입하는 중이었다. 저걸 타지 않으면 다음 표는 구하기 힘들 거라고 재연은 말했었다. 요즘 KTX로 도시를 오가며 출퇴근하는 사람들이 얼마나 많은 줄 아니, 그러니까 모바일로 표 사는 방법도 모르면서 매표소 뛰어가지 말고 꼭 그 차를 타고 내려와, 하고.

＊

서둘러 들어와 좌석에 앉자마자 열어 본 휴대폰에는 재연의 문자가 들어와 있었다. 감독님, 기차 타셨어?

초희를 어린애 돌보듯. 재연은 그랬다. 매사에 덜렁대고 현실 감각 없는 초희이니 횡단보도를 건널 때면 손을 높이 들라는 농담도 여러 번 했다. 초희도 재연에게서 챙김을 받는 느낌이 꼭 싫지만은 않았다. 서로 능력을 지지해 주면서, 스스로 파악할 줄 아는 단점은 가려 주면서, 필요할 때면 맹렬한 끈끈함을 느끼도록 애쓰는 관계. 그런 우정의 유대가 재연과의 관계에서는 가능했다.

나오지 마, 택시 타고 가면 금방이야. 초희의 문자에 재연이 답했다. 데리러 나갈 생각도 아니었네요. 한 시간 뒤면 퇴근이고 감독님 없을 때 난 빨리 퇴근할 거거든.

마침 기차 문을 닫을 때 나오는 신호음이 들렸다. 초희는 코트를 벗어 창 옆에 있는 간이 옷걸이에 걸고, 들고 있던 서류와 핸드백을 정리했다. 핸드백에 장식품처럼 붙어 있던 실크 리본이 떨어진 걸 발견한 것도 그때였다. 방금 플랫폼에서 기차에 오르기 직전에 어떤 여자와 부딪힌 기억이 났다. 바닥으로 떨어지며 사납게 흐트러진 서류들처럼 거칠게 벌떡 일어나 지나온 길을 살폈다. 지금 당장 밖으로 나가 길을 살펴 리본을 주워 올 건가. 화가 나기 시작했다. 그 실크 리본이 이 핸드백의 포인트인데 그걸 조심히 들고 다녔어야지. 복도 쪽으로 서둘러 갔지만 기차 문은 닫힌 후였다. 문틈으로 바깥 풍경이 사라져 가는 걸 보면서 짜증이 머리끝까지 났다. 휴대폰을 열어 재연에게 화풀이하듯 썼다. 너무 열이 오른다고. 초희의 말에 재연이 금방 무슨 일이냐고 물었다.

베로나 어느 거리에서인가 사 왔고 기성품도 아니라 다시 구할 수도 없는데. 재연은 초희가 어떤 걸 말하고 있는 건지 바로 알아들었다. 네가 잃어버리고 싶어서 잃어

버린 게 아니라 때가 되어 널 떠난 거야. 베로나에서 샀던 거라면 결혼식 전에 여행 갔을 때 윤재랑 싸우고 혼자 나와 산 가방 말하는 거잖아. 진작 정리했어야 할 물건이야. 수업료 치르게 해 주신 신께 감사할 일이지. 맞아. 초희가 약간 누그러지는 것 같자, 재연이 한 번 더 안심시키며 말했다. 그래, 그거보다 더 예쁜 거 많으니까 그따위에 마음 졸이지 말자. 조심히 와.

어떤 추억이 깃들었든, 오래 손때가 묻은 물건이면 초희는 그것을 아끼는 사람이었다. 그런 성정 덕분에 예고 없는 작별의 상황이 늘 달갑지 않았다. 재연이 써 준 마음 때문인지 곤두섰던 신경은 차츰 수그러들었다. 겨우 그 것, 이제는 더 이상 살 수 없는, 감색과 하얀색이 제대로 염색된 실크 리본이 포인트인 가방의 모습을 볼 수 없게 되었다는 안타까움—어쩌면 부주의로 무언가를 또 잃어 버렸다는 것에 대한 자괴감—때문에 제 분을 완전히 삭이지는 못했지만, 초희는 다행히도 적당한 시점에 정신을 차리는 어른 역할을 할 수 있는 인간이기는 했다.

서류 정리를 다시 시작했고, 그러다가 세모창작소가 비엔날레 전시장으로도 적절한 곳일지 한 번 더 살피러 가야 한다고 생각했으며, 세모창작소의 이모저모를 떠올리다가, 결국 그곳에서 조곤조곤한 목소리로 큐레이팅을 하던 질박한 차림의 민혁을 다시 떠올렸다. 유리창 너머 들녘의 살풍경에 온기를 벗어 내지 못한 태양이 흰빛을 부리고 있었다. 그 아래 물매진 언덕배기 위로 여러 빛깔의 깃발이 가볍게 나부끼는 모습이 속도감 있게 지나갔다.

오늘 민혁을 볼 수 있지 않을까 하는 표표한 마음이 스쳐 지났다. 괜히 눈앞에 있는 애꿎은 서류를 몇 번이고 들췄다. 그사이 짙어진 햇빛이 구름 떼에 가렸다 다시 나타나기를 여러 번이었다. 민혁의 큐레이션이 보인 품위와 그림을 존중하는 마음에 관해 생각하다가, 갑자기 열차 내에서 불어온 찬바람이 슬개골을 스치고 가는 느낌에 초희는 오른발을 들어 왼쪽 정강이에 대고 온기를 나눴다.

✦

민혁을 처음 만난 때는 겨울의 초입이었다. 거리를 걷는 사람들의 외투가 도톰해지고 손과 발이 시려지는, 모든 것이 안으로 닫히기 시작하는 수렴의 계절. 재단 예술감독으로 부임한 지 얼마 안 된 초희가 텅 빈 전시장을 찾은 날이었다. 초희는 이제 막 베를린 전시를 끝내고 온, 막 마흔이 된, 세상 물정 제대로 알 리 없는 초임 감독이었으며, 재단에서 일하는 사람들과는 무작정 친해져야 좋다는 대학 동기 재연의 말을 듣고 우선 매일 열심히 인사하고 다니는 중이었다.

그날도 하루 일정을 인사로 마무리한 뒤에 초희는 전시실로 들어갔다. 퇴근 이후 아무도 없을 것이 분명한 전시실에 들어가 쉬는 버릇은 미술관 알바하던 대학생 시절부터 오래 들인 것이었다. 관람객들에게 미술관이 나들이라면, 초희에게 미술관은 삶이었다. 사람이 들지 않은 텅 빈 전시관은 삶의 진짜 모습이 그늘지고 고독한 전시관에 놓인 것 같은 느낌을 주었다.

초희에게 미술을 평생 과업으로 삼는다는 건 어느 정도 정적인 것을 선호한다는 의미이기도 했다. 작품을 읽고, 의미를 찾고, 다시 되새기는 그런 일들은 외부의 신호가 거의 불필요하기에 초희에게는 즐거움의 원천이 되었다. 그러다가도 전시 작품을 간추리고, 작품의 소용에 대해 고민하고, 나눌 방법을 찾는 일 같이, 외부와 소통하지 않으면 불가능한 일들을 만났다. 초희는 그 경계에서 자신이 할 일을 찾았다. 누군가를 만나고 무언가를 논의하는 방식으로 하루의 에너지를 바깥에 풀어 내고 나면 다시 에너지를 채워 넣을 곳이 필요하곤 했다. 그때마다 충전하듯 전시관에 들렀다. 흔흔한 마음에 눈을 감고 빈 시간을 보내고 나면 마음이 조금 평온해지는 것 같았다.

세모창작소는 처음부터 재단 소속의 공간은 아니었고 재단이 빌려 쓰는 곳이었다. 지역의 한 건축가가 언덕배기에 있는 방 세 칸짜리 2층 주택을 매입해 지붕을 부수고 천장을 높여 유리로 마감한 뒤에 작업실로 쓰다가 시에 기증한 것을 재단에서 활용하도록 대여한 건물이라고 했다. 재단에서는 그곳을 필요에 따라 전시실로 쓰거나, 다른 행사를 위해 사용하거나 혹은 다양한 영역의 창작자들이 합작하는 공간으로 활용했다. 경사진 마을의 높은 지대에 어룽지듯 위치한 그곳은 천장의 유리가 빛을 흡수해 내부 공간 곳곳에 얼비쳤고, 벽돌은 저녁 무렵까지 햇빛의 온기를 품었다.

그날도 휴무 시간에, 세모창작소에 들어가 가장 안쪽 깊은 공간에서 멍하니 천천히 사그라드는 바깥의 빛을 올려다보고 있었을 때, 민혁을 만났다. 처음에는 문이 열렸고, 뒤이어 무언가 크게 바퀴 구르는 소리가 났다. 놀라서 벌떡 일어났다가 휠체어에 앉아 전시실로 들어오는 낯선 사람을 발견했고, 얼굴이 낯익은 민혁이 휠체어를 밀고 있다는 것을 알고 더 이상 방해하지 않았다. 민혁의 뒤로 사람들이 서넛 더 들어왔는데 두 명은 초등학생쯤으로 보였고 마지막에 들어오는 여자는 그들의 엄마인 것으로 추정되었다. 초희는 그들이 이동하는 자리마다 귀를 기울였다.

올라오시는 데 힘드셨죠? 애쓰셨습니다. 이 전시장을 보셔야 중산문화재단의 관람이 완성됩니다. 재단의 전시장 중에 여러분이 서 계신 이곳 세모창작소를 보지 못하면 너무 아쉽거든요. 이 전시장은 건축가 윤일문 선생님께서 만드시고 작고하시기 직전에 시에 기증하셨습니다. 기증하시면서 그런 말씀을 남기셨어요. 더 많은 사람이 예술을 그리워하면 좋겠다. 건축가 선생님이 만들어 놓은 건축물 자체가 아름다워 그곳을 부수지 말고 보호하자는 쪽으로 논의가 모여, 창작소는 여전히 전시관이라기보다 주택의 원형에 가까운 모습으로 남았답니다. 그것은 세모창작소가 지닌 큰 장점이기도 해요. 층마다 너덧 개 되는 공간은 저마다 너비가 다채롭고, 서로 잇대면 새로운 공간이 탄생합니다.

어머님, 이쪽으로 오세요. 아뇨, 괜찮습니다. 제가 아버님을 모시고 가면 됩니다. 수빈 학생, 이쪽으로 와서 잘 보세요. 여기, 이곳이요. 네, 맞아요. 빛이 고여 있죠? 희미해져 가는 빛이에요. 이곳에 건축가가 무언가를 써 두었어요. 이곳에 빛이, 사람이 고인다. 쉰 살에 겪은 교통사고 이후 평생 발을 못 쓰게 된 건축가는 공간의 배열에 매우 힘을 썼다고 합니다. 작지만 누릴 것이 풍부한 장소를 만들고 싶어 했다고 해요. 자신이 떠난 후에도 이곳을 찾는 사람 누구든 편히 머무를 곳을 마련해 두고 싶다던 말씀은 제가 이분의 자서전에서 읽었습니다.

위안을 주는 빛이 고여 서로 겯어 주는 공간, 그래서 이곳에 애초에 붙여진 이름은 겯든당이었어요. '겯다'라는 말을 들어 보셨어요? 풀어지지 않도록 서로 잡아 준다는 뜻이에요. 그런 겯든당에서 이어져 직선들이 서로 풀어지지 않도록 지지해 주는 형상의 세모를 써서, 세모창작소라고 이름을 지어 준 것이죠. 목재로 만들어진 바닥은 고인 빛을 흡수해 아래층 전시장의 온도를 맞춰 줍니다. 모든 것이 겯어 있어요. 우리도 모르는 새 서로 겯어 있지요.

자, 이제 지하실로 한번 내려가 볼까요? 제가 아버님

을 모시고 가겠습니다. 전시실이 어두우니 조심해서 내려가세요.

그들이 지하로 내려간 후에, 초희는 전시실에서 나와 바닥에 고여 있는 빛을 바라봤다. 그들의 관람에 방해되지 않도록, 그들이 초희를 발견하지 않도록 조심하면서. 그러곤 벽에 몸을 기댄 채, 지하 전시실로 내려가는 그들을 바라보았다.

지하실의 큐레이팅이 궁금해진 건 그 단어 때문이었다. '곁다'. 전시관을 저렇게 상세히 공부한 사람은 어떤 큐레이팅을 할까. 가만히 앉아 그의 말대로 바닥에 고인 빛을 지켜보다가, 초희는 천천히 지하 전시실로 내려가는 계단 쪽에 다가섰다. 계단을 완전히 내려갈 자신은 없었고, 목재로 만들어진 계단의 특성상 소리가 날까 싶어서, 계단 끝에 걸터앉은 채 그의 설명에 귀 기울였다.

전시실에 있는 작품들을 이미 보았지만, 그의 큐레이팅이 초희로 하여금 작품을 전혀 몰랐던 것처럼 새롭게 만들었다. 전시장을 소개하는 인트로 멘션은 정식 큐레이팅에 포함된 게 아니었다. 목소리가 또렷하게 들리는 걸 보면, 그들은 계단 끝에 마주한 새파란 방 앞에 있을 텐데, 파란 벽은 바닷속으로 상정되어 있었다. 민혁은 그 앞에 서서, 이곳은 조심히 봐야 하는 곳이라고 당부했다. 여러분이 서 계시는 곳은 난민 캠프 앞에 있는 바닷속입니다. 곧 구조 보트가 도착하려고 닻을 대었어요. 지금은 새벽 2시, 천장에 보이는 저 사람들은 난민 캠프에 들어가려고 대기 중이에요.

한 번도 들어 본 적 없는 소리도 났다. 이건 검푸른 바닷속을 헤엄치는 난민들의 목소리입니다. 이렇게라도 난민 캠프에 합류하고 싶은 것이죠. 제가 직접 녹음해 온 것입니다.

무언가 펼쳐지는 소리가 나고 곧 사람들의 탄성이 들렸다. 알제리의 지형이에요, 작가가 지나쳐 온 경로를 제가 지도로 만든 것인데요, 시간마다 온도가 적혀 있는데, 해수 온도에 맞춰서 체온의 변화를 데이터로 만들어 붙여 둔 것이에요.

초희는 옅은 한숨을 내쉬었다. 작품을 공부하기 위해 그 작품의 작가가 탄생한 국가에 관해 공부하는 건 거의 모든 큐레이터가 하는 일이었지만, 저 정도로 정성을 쏟는 큐레이팅은, 그것도 전문 큐레이터가 아닌 누군가가

하는 저 정도의 정성은 드문 것, 아니 어쩌면 난생처음 경험하는 것이었다. 작품이 하나만 전시된 것도 아니고, 작가가 한 사람만 있는 것도 아니라면 더더욱. 조심스럽지만 명확한 어조로, 알아듣기 쉽고 자연스러운 단어들로, 직관적이고 이해 가능하면서도 부담스럽지 않은 목소리로. 초희는 그가 누군지 꼭 알아야 했다.

그 순간 다시 올라가자는 큐레이터의 말에, 초희는 정신이 번쩍 들어 전시실 가장 안쪽 칸으로 들어왔다. 여자아이 둘이 먼저 올라오고, 아주 천천히 여자의 얼굴이, 남자의 얼굴이, 그다음에 번질거리며 얼굴에 땀을 쏟아 내는 큐레이터의 얼굴이 나타났다. 그렇게 남자를 계단 위로 올리는 데 영겁의 시간이 드는가 싶더니, 어느새 남자는 1층 현관 앞에 다시 휠체어를 탄 모습으로 등장했다. 초희의 미간이 놀라움으로 잔뜩 좁혀졌다. 아래 전시실의 작품을 수빈이 아버님께도 꼭 보여 드리고 싶었어요. 그는 말하며 바닥에 떨어진 스웨터를 들어 올렸다. 입고 있는 검은 티셔츠는 완전히 젖어 등에 바짝 붙어 있었다.

스케치북을 들고 있던 키가 조금 더 큰 여자아이 옆으로, 성인인 여자가 고개를 꾸벅 숙이며 말했다. 거의 울

것 같은 표정이었다. 선생님, 정말 감사합니다.

초희는 그의 얼굴을 바라봤다. 인상이 낯익은 건 맞았지만 그가 큐레이팅 팀에 속하지는 않는다는 걸 그제야 깨달을 수 있었다. 그렇다면, 그는 인턴이나 자원봉사자 중 하나일 터였다.

아닙니다. 수빈이가 전시장을 스케치하고 있지 않았더라면 저도 이런 경험을 할 수 없었을 텐데요. 수빈이한테 고맙죠. 수빈아, 열심히 공부해서 나중에는 비엔날레에서 만나자.

초희는 그들이 나가는 모습을 지켜보다가 다리의 힘이 풀려 주저앉았다. 큐레이터도 함께 나갔는지 아무런 소리가 없다가, 다시 창작소 안으로 들어오는 움직임이 느껴졌다. 그는 지하로 내려가 전체 전시장을 소등하고 난 후에, 1층으로 올라왔다.

초희는 그렇게 민혁과 마주했다. 상황이 어떻든 안 될 일이다. 전시 관람 시간이 아닌 때, 허락도 얻지 않은 채, 특정한 가족만 데리고 들어와서, 전문 큐레이터도 아닌 사람이 섣부른 큐레이팅을 시도한다는 것이.

초희는 민혁을 마주하면 주의를 주거나, 감독으로서 충고해야 한다고 생각했다. 그런데 갑자기 문을 열고 들어온 민혁을 향해, 초희는 입술을 닫아 힘을 주며 끝을 들어 올렸다. 고생했다는 말과 함께. 그것 외에 할 수 있는 다른 게 생각나지 않았다. 민혁의 동그랗고 말간 얼굴 위로 당황과 기쁨의 기색이 번져 나갔다. 옷 사이로 땀 냄새도 새어 나왔다. 그런 모습으로 둘은 세모창작소, 아니 겨든당에서, 빛이 고인 그곳에서 처음 만났다.

KTX가 목적지에 거의 도착했음을 알리자, 앉아 있던 사람들이 하나둘 짐을 챙기거나 일어나기 시작했다. 초희는 핸드백 가운데 실크 리본이 있던 자리를 보고 있었다. 베이지색 치마에 갈색 가죽 백. 여기에 단조롭지 않았던 체크 리본은 아무래도 이번 의상에서 중요한 포인트였다. 숙소에 잠깐 들러서 청바지로 갈아입고 갈까. 재연에게 말을 걸어 볼까, 혹시 재연이 창작소에 있을지도 모르니까.

그런 생각을 하는 스스로가 초희는 우습다. 초희가 기다리는 사람이, 모두 퇴근한 후에 세모창작소 안에서 작품을 연구하는 모습의 민혁이라는 것을, 초희 자신은 안다.

기차가 역으로 들어가며 속도를 줄였다. 플랫폼에서

기차 문이 열리기를 기다리는 사람들의 달뜬 얼굴을 초희는 내다보았다. 서툰 감정에 사로잡히지 않기 위해 애써 발버둥 치는 중이었다. 자신의 감정은 결국 허무를 지렛대 삼고 있을 테니까. 그때 마침 울려오는 휴대폰 진동 소리가 초희의 정신을 깨워 놓았다. 몇 달 전 다시 연락이 닿은 윤재였다.

✦

초희는 잠시 멈춰 섰다. 모든 게 엉망인 이 시간에 눈앞에 나타난 사람이 민혁이 아니었으면 하고 바랐다. 플랫폼에서 올라온 사람들이 모이는 출구에서, 초희를 진작에 발견한 건지 민혁은 발그레 웃으며 서 있었다. 부감독님이 보내셨어요,라고 말하면서. 테이크아웃한 커피 두 잔이 든 트레이를 손에 쥔 채로. 제 이마에서 땀이 솟아 나와 떨어지는 것도 모르면서. 민혁을 보낸 이가 재연이라는 게 마음에 걸렸다. 택시도 잡을 줄 모르는 사람이라는 이야기는 하지 않았느냐고, 재연이 무엇을 말했든 내가 그 정도로 멍청한 사람은 아니라고, 초희는 말하고 싶었다. 무어라도 말해야 하나 고민하는 초희 옆에 다가와, 민혁은 살짝 웃더니 발을 맞춰 걸었다. 민혁의 몸에서 산뜻한 허브향과 농축된 캐러멜 향기가 섞여 나왔다. 초희는 퉁명스럽지만 걱정이 담긴 말투로 민혁을 보며 말했다.

"올 필요 없었는데요. 괜한 걸음 했네요."

민혁은 '아닙니다' 말하면서도 초희가 뱉은 문장이 무슨 뜻인지 제대로 알아차리는 것 같지는 않았다. 그래서 초희는 '사실 나도 전시장으로 갈까 고민했지만, 이제는 그럴 필요가 없게 되었다'고 직설적으로 말할 참이었다. 그런데 어투가 차가워서는 민혁을 보게 된 것에 대한 반가움을 다 전하지 못할 것 같아서, 말을 주의해야 했다.

"민혁 씨를 만난 건 반갑지만, 제가 갑자기 약속이 생겨서 전시관 아니라, 다른 곳으로 가야 할 것 같거든요."

"어디로 가시는데요?"

초희가 민혁을 바라보았다.

"근처 와인 바요."

민혁이 놀란 눈치였다.

"와인 바요?"

초희가 민혁을 올려다보며 다시 말했다.

"갑자기 사정이 그렇게 되었어요. 전시장에 가긴 할

텐데, 그 전에 잠깐 만날 사람이 있어요."

　민혁은 더 묻지 않았다. 묻지 않아야 하는 영역이라고 생각하거나, 여기에서 질문을 멈춰야 한다고 생각하는 것일 수도 있었다. 그사이 도착한 주차장에서, 초희는 민혁이 어떤 차로 다가갈지 몰라 멈춰 섰다. 민혁이 앞에 선 차는 아이보리색 경차였다. 막 세차를 했는지 와이퍼와 사이드미러에 약간의 물기가 있었고, 차체 앞뒤로는 커다란 스티커가 몇 개나 맹목적인 형태로 붙어 있었다. 각종 환경 단체와 이주자 연합회, 협동조합들에서 받아 온 스티커들이었다. 조수석 문에는 커다란 개구리 스티커가 있었는데, 그 개구리 옆에 써진 글자에 초희는 갑자기 웃음이 터져 버렸다.

　이래 봬도 나에게는 전부인 차.

　처음에는 깔깔대다가 나중에는 소리를 내며 크게 웃었다. 민혁의 말간 얼굴이 달아오르는 중이었다.

　"별 의도가 있어서 웃는 건 아니에요. 그냥……."

　민혁은 초희 쪽을 바라봤다. 그의 순수함을 표현할 단어로 떠오르는 것들이 있었지만, 그런 단어들을 갖다 붙이며 민혁의 패기가 놀림감으로 치부되는 것을 원하지도 않았다. 그래서 뭐라도 말을 붙이다가, 초희는 결국 웃기를 그만두었다. 웃고 있다는 사실이 어쩐지 부주의한 태도로 느껴졌고, 그러자 곧 부끄러워졌다.

이 땅에서 태어나 마흔이 넘은 지금까지, 초희는 살면서 주의해야 하는 것들에 대해 꼼꼼히 배웠다. 인생의 어떤 단계에서든 주의해야 하는 것들은 늘 달라붙어 떨어질 줄 몰랐다. 어릴 때는 교통신호 같은 것으로 나타났다. 지켜 내지 않으면 생존을 위협하는 그런 문제들에 대해, 초희는 온몸으로 익혔다.

나이가 들고 책임질 것이 늘어나면서 그것은 예의의 영역이 되었다. 내가 굳이 지키지 않아도 되는 것들도 있었지만 지켜야 이상해지지 않는 것도 있었다. 그것들은 자주 조언과 충고의 형태로 나타났으며, 늘 남들의 평가 뒤에 숨어 초희가 어떤 인물인지 일러주곤 했다. 그런 것들이 지긋지긋해질 때쯤이면 초희에게는 어김없이 해결해야 할 새로운 과제가 떨어지곤 했다. 이를테면 엄마의 죽음이나 휘말린 송사 같은 것. 주의하지 않으면 영원히 채찍질 당한다는 듯이, 그런 것들은 초희의 주변에 늘 또아리를 틀었다.

주의해야 할 것들은 삶에서 만큼이나 일의 영역에서도 많았다. 전시 기획으로 진로를 튼 초희가 바깥에 이름을 알릴수록 선배들은 무엇을 조심해야 하는지 충고했다. 일하는 게 좋아 오는 일들을 거부하지 않다 보니 더 많은 직책을 떠안게 되었으며, 직위가 올라갈수록 책임질 일도 많아졌다. 나이가 많아진 탓인지, 경력이 쌓인 탓인지, 초희는 자의 반 타의 반 그런 것들을 자연스레 떠안게 되었다. 미술이 좋아 일한다는 말은 어느 시점부턴가 의미를 잃었고, 책임이 호오를 앞서는 경우도 많아졌다.

사람들은 초희에게 권력도 생겨나는 것이라고 말했다. 사실 권력과 계층의 문제라면 초희는 전혀 관심이 없었다. 일하는 게 좋았지만, 정치를 할 필요까진 없다고 생각했다. 그렇지만 점점 세상이 초희에게 그것을 원하는 것 같았다. 나이에 걸맞은 품격이라고 일컬어지며. 초희로서는 갖출 생각이 없는 것들에 대해, 세상은 다시 주의를 주었다. 피한다고 피할 수 있는 문제가 아니라는 듯이. 더 넓은 범주의 문제들에 책임을 질 줄 아는 사람이 되는 게 네 나이에는 곧 교통신호를 지키는 일 같은 것, 생존의 문제라는 듯이. 초희가 원하느냐는 틀 밖의 문제였다.

알고 보니 주의는 관습이 만든 규정이었다. 짧은 치마를 입고 거리를 지나다니지 말라거나, 흰색 셔츠 안에 검은 브래지어를 입지 말라는 것과 같은 거였다. 초희의 주

169

변에는 주의해야 할 것이 여전히 많았다. 관습을 벗어나는 두려움은 영원할 것처럼 주변에 맴돌았다. 차체에 붙은 스티커에 대한 반응마저 관습이 만든 틀을 벗어나지 못하는 제 모습이라고 생각하니 초희는 소름이 끼쳤다.

"이상해요?"

쭈뼛대며 서서 묻는 민혁을 향해 초희는 일부러 한번 환하게 미소 지었다. 겉웃음으로 보일까 봐 입꼬리를 신경 써 부드럽게 말아 올렸다.

"멋져요."

초희는 민혁에게 말해 주고 싶다. 정말이라고, 지금 나의 감정은 외부를 향해 있다기보다 안쪽을 향해 있다고, 당신에 대한 빈정보다 나를 향한 수치심에 가깝다고, 말해 줄 수는 없는 상황이니까.

"진심이에요. 어서 타요. 이왕 목적이 저를 이동시키는 것이었다면."

초희는 핸드백을 움켜쥐고 차에 올랐다. 민혁에게서 풍기던 땀 냄새가 차 안의 공기에도 옅게 배어 있었다. 운전석에 앉은 민혁은 전원 버튼을 눌러 시동을 걸고, 초희의 목적지를 물은 후에, 내비게이션에 주소를 입력했다. 여자의 목소리로 설정된 기계음이 초희가 가야 하는 곳을 알려 주었고 민혁이 천천히 차를 몰았다. 초희는 고개를 살짝 돌려 민혁의 오른쪽 얼굴을 쳐다봤다. 문득 차분하고 깊은 빛이 내려앉던 민혁의 얼굴이 생각났다.

"그건 왜 하는 건가요?"

민혁은 무슨 소리를 하는지 모르겠다는 표정으로 초희를 한번 바라보았다.

"전시 관람 시간 아닐 때 하는 큐레이팅이요. 그 뒤에도 문 닫은 전시장에서 큐레이팅하는 소리를 몇 번 들었는데. 혹시 마주치면 또 당황할까 싶어 적당히 부산해진 시점에 나와 버리곤 했어요."

민혁이 어색한 미소를 지으며 머리를 긁적였다. 조수석과 운전석 사이의 거치대에 꽂힌 텀블러가 초희의 눈에 띄었다. 에드워드 호퍼의 그림이 분명한 스티커가 붙은 라임색 텀블러가 민혁이 고른 것처럼 보이지는 않았다.

"모른 체 해 주셔서 감사해요. 제가 한 달에 2만 원씩 지원하는 기관에 미술 동아리가 있어요. 동아리에 있는 친구들은 생활이 어렵지만 미술을 하고 싶어 하는데, 그 친구들에게 전시가 바뀔 때마다 안내해 줘요. 전에 보신 수빈이 같은 경우에는 수빈이가 어머니에게도 그 전시를 보여 주고 싶다고 했었어요. 수빈이 사정을 알게 된 후에는 제가 수빈이 가족을 모두 초대하고 싶다고 했고요."

"언제부터 했어요?"

"2년쯤 된 것 같아요."

초희는 민혁을 바라봤다. 그 얼굴에 윤재의 모습이 겹쳐 보이는 것이 기이할 정도였다. 두 사람의 성향은 완전히 반대인 것 같으니까.

"미술 동아리를 초대했을 때 수빈이가 와서 처음 만났는데요. 그날 수빈이가 관람이 끝나고서도 한참 동안 전시장에서 못 나가고 있었거든요. 수빈이 모습이 어린 시절 제 모습 같았어요."

"그 일을 시작하게 된 계기가 겨우 그것뿐이에요?"

고개를 끄덕이는 민혁의 모습을 보면서, 초희의 들떠 있던 마음이 일순 내려앉았다. 민혁의 나이에는 앞뒤 돌아볼 여유란 없고 그저 앞날을 위해 분주할 뿐이라고 생각하던 마음이 순식간에 수그러들었다. 아무래도 나이가 아니라 성정의 차이였을까. 민혁의 나이대에 자신은 그런 결정을 할 수 있었을지, 그렇게 무언가 최선을 다해 남을 돕겠다고 생각해 본 적이 있는지. 아니, 그래서 지금은 그런 마음을 낼 줄 아는 어른인지.

"대단하네요."

"생각하시는 그런 대단한 일은 아니에요. 제 역량도 부족하고요. 다만 좋아하는 것을 남들과 좀 더 나누고 싶은 그런 작은 마음이에요."

윤재는 말했었다. 경기도권에 있는 아파트라도 사 놓고, 빚을 갚아 나가면서, 다 그렇게 사는 건데, 이미 아파트와 건물이 한 채 있는 나는 너에게 충분하지 않겠냐고.

그 말이 초희의 가슴을 가끔 미어지게 만들었다. 아파트와 건물이 있으면, 기절할 정도로 좋은 신랑감이라고 착각하는 것이, 마치 너의 구제자가 나라고 정의하는 그의 문장이, 우스웠다. 초희는 어째서 늘 그런 경계에 있었는가. 왜 관습적인 것들에 반대하면서 스스로 관습적인 인간이 되어 가고 있다는 걸 인정하지 못하는가. 그 길로 초희는 직장을 그만두고 영국으로 유학을 갔다. 명확한 도피였다. 실제로 도피하지 않는다면, 도피가 가능한 일인가, 말이다.

"라임색을 좋아하나 봐요."

그때까지도 초희는 민혁의 차에 꽂힌 텀블러에서 시선을 거두지 않았다. 민혁이 시큰둥하게 답했다.

"라임은 별로 선호하는 계열이 아닌데요?"

그렇다면 저건 애인의 취향인가. 이상한 느낌을 받은 건지 민혁도 초희를 따라 시선을 돌리더니 텀블러를 발견하곤 피식 웃었다. 그 소리가 초희를 약간 민망하게 만들었다.

"작년 여름에 재단에서 굿즈로 만든 거예요. 남은 색이 저것밖에 없었거든요."

초희는 그제야 앞유리창으로 고개를 돌렸다. 밀려드는 안도감은 숨기고 싶은 감정이었다. 그때 휴대폰 진동이 울렸다. 초희를 기다리고 있는 윤재였다. 윤재가 초희에게 가장 많이 했던 말은 조심이었다. 서른도 넘은 나이에 유학을 가고 싶다니, 말이 되는 소리를 해. 갖춰 가야 할 게 얼마나 많은 나이인데. 너 유학 다녀오면 몇 살인데. 스무살 애도 아니고. 내가 널 기다려 줄 거라고 생각하는 거야? 다녀와서 뭐 대단한 거라도 할 거야? 너 지금 마이너스 통장 없이 출발하는 것만도 얼마나 대단한 건 줄 알아? 그 정도로 조심성 없을 거야?

초희는 윤재의 번호가 찍혀 있는 휴대폰을 보며 조심해야 하는 것에 대해 생각했다. 자동차 브랜드와 집 크기로 사회의 계층을 나누는 물질주의적 발상은 이미 낡은 것으로 느껴졌다. 옥스퍼드에서 같이 공부하던 사람 중에

집을 가진 사람은 하나도 없었다. 그들은 월세를 내고 사는 것을 당연하게 생각했다. 집을 갖지 않은 것에 스트레스를 받는 사람도 없었다. 자동차 브랜드를 따지기는커녕 자동차가 없는 사람도 많았다. 교수도 학생도 차 크기로 사람을 달리 대하는 경우도 없었다. 자신이 자본주의에 얼마나 잘 스며들었는지 어필하며 관계를 설정하는 인간도 없었다. 물론 그런 경험이 옥스퍼드 캠퍼스에서나 있었을 일이라는 걸, 한국에서 그런 일은 불가능하다는 걸 초희도 안다, 본능적으로.

그러니 태어날 때부터 세상이 자본으로 구조화되어 있다는 것을 익힌 민혁의 세대에게 자본이 아닌 것을 추구하는 힘은 의지에 가까웠다. 자본주의 안에서 삶을 꾸리면서 자본주의를 농락하듯이 돈을 추구하지 않는 예술을 살라는 말도 우스웠다. 지금 우리가 해야 하는 것들은 이런 자본주의에서 완전히 탈피하거나, 자본주의를 인정하고 적당한 선에서 만족을 추구하는 것 말고는 없었다. 자본이 훈련된 생존 본능이라는 것을 자신의 의지로 인지하지 않는 것. 그것은 민혁의 세대에서 이제 누구나 할 수 있는 일이 아니었다. 초희는 윤재의 문자가 도착해 있는 휴대폰을 들여다보지 않고, 그대로 유리창 바깥쪽의 빨간

신호를 응시하며 말했다.

"내년 여름에 비엔날레를 하게 되면요, 제가 수빈이와 친구들에게 해 줄게요, 큐레이팅. 민혁 씨가 하는 것보다 정성스럽지는 않겠지만 민혁 씨와 친구들이 허락해 주면 제가 하고 싶어요. 이래 봬도 큐레이팅만 십수 년 해 봤거든요, 제가."

정적이 지났다. 초희는 민혁의 시선이 자신에게 주목되어 있다는 것을 모르지 않은 채로, 핸드백 끈만 만지작거렸다. 뒤차가 크게 두어 번 경적을 울렸다. 민혁은 그제야 고개를 돌려 초록색으로 바뀐 신호등을 발견하더니 엑셀을 밟아 차를 앞으로 이동시켰다. 초희는 창문을 조금 열었다. 찬바람이 조금씩 차 안으로 들어와 더워진 공기를 식혔다.

⁎

윤재는 초희가 서른 즈음 만나던 사람이다. 둘은 만난 지 5개월 만에 결혼을 결정했다. 서른이 넘은 사람들의 사랑은 감정에 이끌리기보다 의지에 가까운 것 아니겠냐고 윤재는 말했다. 적당한 선에서 감정을 희석시키고 그 자리에 남은 현실의 문제에 집중하게 하는 윤재는 초희에게 결혼하기 좋은 상대였다. 윤재는 바이오를 기반으로 하는 대기업의 연구원이었고, 초희보다 월등히 높은 연봉을 받고 있었다. 그는 자신의 판단에 늘 확신이 있었다. 결혼하면 같이 살 집이 있다고. 나중에 시간이 나면 대학원도 생각해 보자고. 그래서 초희가 조금 더 쉽게 결혼을 결정했었는지 모르겠다.

초희의 동생이 결혼하던 날, 결혼식이 시작하기도 전부터 초희는 사람들에게 시달리는 중이었다. 대부분은 어린 시절의 초희를 기억하는 부모의 친구들이나 동네 사람들, 혹은 가깝지 않은 친척들이었다. 그중 한 무리는 일곱 살의 초희를 기억했고, 그런 이들은 초희가 얼마나 나이를 먹었는지를 주로 언급했다. 다른 무리는 초희의 현재를 걱정했다. 어느 무리에 속해 있든 사람들이 뱉는 문장은 급한 데다 열의가 넘쳐 났고 근거 없이 계획적이었다. 너희 부모가 그동안 얼마나 마음 아팠겠니, 네가 생각이 있는 애니? 서른이 넘으면 어서 결혼할 생각을 해야지, 공부하고 싶다고 했다며?

그래, 그런 말 때문이었는지도 모르겠다. 중요하고 큰 결정들은 가끔 지극히 감정적인 방식으로 이루어지는 법이니까. 윤재에게 그 말을 했을 때, 그는 그런 것 따위 지나가는 말로 생각하라고 충고했다. 의외로 많은 사람이 자기 아닌 사람에게 관심이 없다고. 너에게 하는 말도 그냥 그런 인사치레, 이를테면 잡소리 같은 것에 불과하다고. 그런데 윤재의 마지막 말이 초희의 마음을 건드렸다. 물론 니가 좀 공상적인 데가 있지. 대학원이라는 거 한 학기 다녀 보면 그것보다 중요한 게 세상에 얼마나 많은지 깨닫게 되겠지. 초희는 그 말을 들으며 윤재에게 초희의 꿈이 어떻게 받아들여지고 있는지 깨달을 수 있었다.

타인의 말은 그냥 잡소리로 흘려들으라던 윤재가, 결혼은 철저히 계산된 약속이라는 것을 주저하지 않고 말하던 윤재가, 초희에게는 미련을 보이는 게 멍청한 짓이라는 걸 모르지 않을 윤재가 다시 연락해 왔다는 사실이 초희는 무척이나 흥미로웠다.

윤재는 바에 앉아 붉은 와인이 담긴 보르도 잔을 앞에 놓고 휴대폰을 보고 있었다. 출장차 중산시에 와 있다는 말을 들었을 때, 초희는 그가 제안하는 만남을 거부하고 싶었다. 그가 늘 주었던 주의의 말들처럼, 결국 초희에게 잡소리를 해 댈 그를 만나러 가는 데 조심하는 것이야 당연한 일 아니겠는가.

오랜만이라고 말하는 윤재의 말을 듣는 둥 마는 둥 옆
자리의 빈 의자에 초희는 말없이 앉았다.

"너 한국 들어왔다는 말을 들었어. 재연이한테서."

무언가 쟁취할 만한 것이 앞에 놓일 때면 그랬던 것처
럼, 목소리의 톤이 살짝 높아져 있었다.

"뭐 그런 것까지 말했대?"

"내가 가끔 물어봤어. 언제 들어오느냐고."

윤재는 초희의 입국 소식을 듣자마자, 초희와 만나 보
고 싶었다는 말을 덧붙였다고 했다. 고맙거나 기껍지 않
았다. 도리어 그 순간 초희의 머릿속에 떠오른 사람은 옆
에 앉은 윤재보다 민혁이었다. 전시장으로 갔는지, 집으
로 간 건지. 저녁은 먹은 건지. 오는 길에 배가 고프지는
않았는지. 그 뒤에 불쑥 쫓아오는 마음은 괜히 이곳까지
데려다주게 해서 생긴 미안함이었다. 그런 종류의 마음을
뭐라고 정의해야 좋을지 모르겠다는 생각도, 혹시 가져서
는 안 되는 마음은 아닌지 모르겠다는 생각도 따라붙었
다. 그러다가는 또, 마음이 자꾸 움직인다는 사실에 초희
는 어쩐지 시무룩해졌다.

윤재는 오랜만에 만난 초희에게 궁금한 것이 많았다.
에든버러인지 옥스퍼드인지였던 학교의 과정은 어땠는

지, 한국에는 어떻게 다시 들어올 생각을 했는지, 이렇게 계속 한국에 살게 되는 건지. 초희에게 궁금한 것이 많은 만큼 초희가 자신을 궁금해해 주길 바랐다.

"그동안 잘 살았냐고는 안 물어보네?"

"잘 살았으니까 여기 와 있겠지."

퉁명스럽지 않을 이유가 없다는 듯 초희는 말했다. 스스로 놀랐을 만큼 공격적으로 들릴 수 있는 어투였다.

"재연이 말 들어 보니 재연이 다니는 재단에 감독으로 왔다며. 이제 다시 나갈 필요는 없는 거야?"

어쩌면 윤재는 이토록 아무런 긴장감 없이 대화를 이어 갈 수 있을까. 홀로 와인 잔을 몇 번 기울이던 윤재가 대뜸 말했다. 아직 혼자라는 말을 들었다고.

그렇지 않아도 눅눅하게 가라앉아 있던 와인 바의 공기가 어쩐지 초희의 목덜미를 짓누르는 느낌이었다. 결국 그런 게 궁금했구나.

"하고 싶은 말이 그거라면 나는 이만 일어날게. 연락하지 말자."

초희가 핸드백을 들고 자리를 빠져나왔다. 지상으로 올라가는 계단은 너무 높았고 1층 식당에서 풍겨 나오는 생선 냄새가 섞여 공기는 탁했다. 초희는 얼굴을 찌푸렸다. 윤재는 초희에게 자신이 할 수 있는 것을 충분히 하고 있었다. 특별하고 엄청난 갈등 없이 둘은 파혼했다. 그 점은 윤재에게 늘 의문으로 남았을 것이다. 어째서 다 된 계획을 뒤엎는지, 그것이 새로운 남자라도 생겨서는 아닌지, 진로를 조정하고 새로 계획을 수정한다는 게 서른이 넘은 나이에도 할 수 있는 건지. 도무지 윤재는 이해할 수 없었을 것이다. 누구를 상대로 이야기하든 이상한 말처럼 들릴 게 틀림없고 윤재도 이해할 수 없어 했지만, 초희는 대단한 꿈이나 포부가 없었다고 해도 미래를 결혼으로 채워 넣고 싶지는 않았다. 결혼이 주는 안정과 윤택에 거는 기대가 애초에 없었다. 윤재가 말하는 그 표징의 세계가 어쩌면 옳을지 모르겠다고 믿어지는 게 두려웠다. 생각이 많을수록 결혼에서 멀어진다는 사실은 정말 이상한 일이었다.

지금의 초희는 알 것 같았다. 그 관계가 끊어졌을 때 느꼈던 감정이 해방이었다는 걸. 초희는 들고 있던 휴대폰을 열어 민혁의 번호를 찾아냈다. 무슨 이야기를 할까. 지금 어디 있느냐고, 지금 볼 수 있겠냐고, 그렇게 물을까.

초희도 모르는 사이 통화 버튼이 눌러졌다. 그 순간

초희의 손목을 붙든 것은 윤재였다.

"내 얘기 좀 더 들어 봐. 이러지 말고."

"나는 너한테서 들을 얘기가 없어."

초희가 윤재의 손을 세차게 뿌리치고 바깥으로 나왔을 때, 초희의 눈에 들어온 건 스티커가 규칙 없이 붙어 있는 아이보리색 경차였다. 초희는 뛰듯 다가가 무작정 조수석을 열었다. 윤재는 초희의 옆에 멈춰 서 있더니, 열린 창문으로 민혁의 얼굴을 확인하는 것 같았다. 라임색 텀블러를 거치대에 꽂으며 민혁이 말했다. 호퍼의 그림도 움직임에 맞춰 달그락거렸다.

"끝났어요? 전시장으로 갈까요?"

민혁은 시동을 켜고 천천히 차를 몰아 주차장 바깥으로 나갔다. 둘은 별다른 대화를 나누지 않았고 초희는 밤의 도시를 물끄러미 바라보고 있었다. 빛의 시선을 몰아 초희의 눈에 닿은 것은 텀블러 스티커에 그려진 호퍼의 그림이었다. 초희의 눈이 맞다면 <아침 7시>였다.

저녁의 라디오에서는 오래된 팝 음악이 나오고 있었다. 민혁이 소리를 조금 더 키웠다. 아침에 부려진 빛과 질서의 시간을 캔퍼스에 옮겨 낸 호퍼와, 저녁에 사그라든 빛 속에서 혼돈의 시간을 밟는 자신과, 그 안에 피어나는 작은 것들에 대해 초희는 생각했다.

군더더기 없고 매섭지 않은 평안. 수초든, 수분이든, 혹은 얼마의 시간이든 의심 없이 존재하는 안온. 그것은 아마도 결혼이 줄 수 있다던 안정의 순간에 가까웠다.

✦

전시장에 가까워졌을 때 재연에게서 전화가 왔다.

"어디야?" 재연은 물었다. 재연에게 호되게 말해 주고 싶었다. 나에 관련된 소식을 아무렇게나 그 사람한테 전해 주면 어쩌느냐고. 그러면 내가 곤란할 일이 얼마나 많겠냐고. 초희는 그렇게 생각하면서도 재연에게 말했다.

"전시장에 다 와 가고 있어."

"윤재 만나게 해서 미안해. 나도 어쩔 수 없었어."

"이해해."

관계는 오래되면 깊어지기도 하고 뒤섞이기도 하고 질척이기도 하는 법이었다.

"저녁 먹고 가. 민혁이랑 아직 같이 있다며."

초희는 민혁의 얼굴을 잠깐 바라봤다. 재연이 말을 이었다.

"윤재한테 전화가 왔었어. 네가 경차를 끌고 온 어떤 어린애랑 같이 갔다고 하더라."

초희는 아주 조금 고개를 숙였다. 민혁이 혹시라도 그 말을 들었을까 봐 통화음도 최대한 줄였다.

"어린애는 뭐냐고 묻기에 그냥 회사 직원이라고 했어."

초희는 재연이 적당한 선에서 윤재의 말을 끊었을 뿐이라고 이해하고 싶었다. 그래서 그저 '응' 하고 힘없이 대답했다. 통화를 마친 뒤에 민혁을 보았을 때, 초희는 자신이 민혁보다 나이가 훨씬 많은 상사, 그것도 앞으로 계속 일을 함께할지조차 불투명한 계약직 예술 감독에 불과한 현실에 대해 생각했다. 민혁은 자신의 생에 앞으로 더 많은 사람을 만나야 하고, 그들과 다양한 감정도 나눠 보아야 하는, 그런 시절을 겪고 있는 청년이었다. 초희는 어떤가. 누군가와 깊은 관계에 빠지지 않더라도 괜찮고, 어쩌면 그것이 오히려 당연한 일일지도 모르는 데다가, 혼자 꾸리는 일상이 나쁘지 않다는 사실도 깨달은, 외로움쯤이야 무던히 견딜 수 있게 된, 그런 나이가 아니던가.

초희의 삶은 화려하지 않았지만, 그것으로도 괜찮다는 걸 초희는 알았다. 삶은 화려할 필요가 없었다. 사람은 그저 자기 앞에 주어진 생을 꾸려 나갈 뿐이었다. 그거면

될 일이었다.

초희는 유학지에서 자신이 얻어 온 것들을 감사히 여겼다. 언어는 어려웠고 삶은 팍팍했으며 같이 공부한 이들은 초희보다 월등히 어렸다. 그 덕인지 초희는 한국에서 쥐고 있다고 생각하던 많은 것을 무참한 방법으로 내려놓아야 했다. 그런 방법으로 내려놓은 것은 대부분 자존심이었다. 교수의 말을 듣자마자 이해하는 비상한 머리의 동기들과 도무지 재취업에 도움이 될 리 없을 것 같은 서양사나 세계 지리 같은 과목들과, 그런 것들을 열심히 공부하는 현실에도 불구하고 앞이 보이지 않는 5년 후, 10년 후의 스스로에 대해 초희는 자주 생각했다.

그렇게 느지막이 공부하다가 도서관을 나오면 갑자기 현실 세계에서 벌어지는 일들이 아무것도 아닌 듯 느껴지곤 했다. 역설적이게도 바로 그 침묵의 순간이 초희에게 행복을 알려 주었다. 행복은 물질에 대한 배타적 의식도 아니고, 지식이나 정신에 대한 맹목적 추구도 아니었다. 행복이 지나치게 작고 세심한 순간에 있다는 사실, 그것을 반복적으로 알게 되는 순간일 뿐이었다.

끝났어요, 전시장으로 갈까요. 그 문장을 마지막으로, 민혁은 아무런 말이 없었다. 초희는 생각했다. 내 감정을 착각하지 않기 위해, 민혁에게는 모든 행동을 조심해야한다고. 그것만이 지금 알 수 없는 자신의 감정에 충실할수 있는 방법이라고.

신호만 하나 더 지나면 전시장이었다. 그러고 보니 온종일 입에 넣은 거라곤 커피 두 잔이 전부였다. 초희는 민혁의 얼굴을 바라보며 물었다.

"배고프지 않아요?"

민혁이 초희 쪽으로 얼굴을 돌렸다. 웃고 있는 얼굴이었다.

"배고파요."

초희는 소리 내어 웃고야 말았다. 민혁이 너무 간절하게 말한 탓이었다. 왜 진작 배고프다고 말하지 않았느냐고 초희는 물었고, 민혁은 그런 것들은 어떻게든 해결할수 있다고 말했으며, 초희는 그것이 젊음이라고 했다. 민혁은 그것은 젊음이기보다 생존의 문제라고 거들었다. 초희는 근처에 괜찮은 음식을 먹을 만한 식당이 있는지 물었다.

민혁은 좁은 골목 사이사이를 지나더니 어느 가게 앞에 주차했다. 초희가 민혁의 차에서 내렸을 때, 입간판에 써진 식당의 이름은 일본어였다. 초희로서는 뜻을 알 수도 없는 단어들이었는데, 간판 아래 아주 조그맣게, 후토마키,라고 적혀 있었다. 한글을 봐도 도무지 짐작할 수 없는 메뉴였다. 통유리창 안쪽으로 사람들이 저마다 밥을 먹고 있었다. 가게에 들어가기 위해 대기 중인 사람도 여럿 보였다. 초희도 그렇게, 민혁과 함께 비좁은 가게에 들어가지 못하고 밖에 서 있다가 테이블을 겨우 얻어 앉았다. 주문은 키오스크에서 민혁이 알아서 했고, 음식은 얼마 되지 않아 분식용 플라스틱 그릇들에 올려져 나왔다. 그릇들에는 한 알이 손바닥만 한 김밥과 토마토 파스타가 얹혀 나왔다. 엄청 큰 김밥이네요. 그렇게 말하자, 민혁이 웃었다. 요즘 유행하는 음식이에요. 초희는 일단 젓가락으로 김밥을 들어 입으로 가져갔다. 입을 크게 열어 욱여넣어 보는데도 김밥은 입 안으로 잘 들어가지 않았다. 한두 번을 더 시도했을 때에야 그 김밥은 세로로는 입 안에 들어갈 수 없다는 것을 알았다. 어찌 되었든 처음 보는 그 커다란 음식에 초희는 즐거워졌다. 그것이 고급 정찬이 아니라는 사실도 다행스럽고 고마웠다. 초희는 영국에서 유행하는 음식은 어떤 게 있는지, 유학 중에 어떤 음식을 해 먹으며 지냈는지 이야기하기 시작했다.

그렇게 식사를 마치고 나오며 초희는 누긋해진 숨을

들이쉬었다. 눅눅한 공기가 곧 여름이 올 것 같던, 셔츠 안으로 찬바람이 들어오던, 오후 내내 끼어 있던 비구름이 어느새 비늘 같은 띠를 이루던, 속살 차오른 달의 무리가 유독 둥글던 봄밤이었다.

✦

모든 것은 의지의 문제라고, 윤재는 말했었다. 관계를 만드는 일도, 지키는 일도, 끝내는 일도 모두 의지의 문제라고.

그런데 민혁이 지금 같은 말을 하고 있었다. 모든 것이 결국 의지의 문제라고. 그렇게 자리를 박차고 나왔다는 건 그 관계가 당신에게 더 이상 아무런 의미나 가치를 주지 못한다는 사실을 반증하지 않겠냐고.

"의지요, 예? 의지."

위로 뚫린 전등갓이 턱에 닿을 것 같은 스탠드 위에서 민혁이 말하고 있었다. 전시장에서 멀지 않은 곳에 위치한 태국 음식점이었고, 둘은 나시고랭 한 접시에 맥주를 곁들이고 있었다. 작은 식당이었지만 여섯 테이블이 가득 차 있었고 간접 조명만 쓰고 있어서 홀이 어둡고 상대에 집중하기 좋았다. 초희는 민혁의 얼굴과 맥주 거품이 가라앉은 잔을 번갈아 보며 그의 이야기를 듣고 있었다. 민혁의 얼굴은 조금 불그레했고, 식당 안은 기분 좋게 술에 취한 사람들의 목소리로 웅성거렸다.

　오귀스트 르누아르가 애착을 보이던 모델이며, 그는 부정했으나 결국 많은 이가 둘의 관계를 연인으로 기억하는 여성이 있었어요. 르누아르와는 스물네 살 차이가 나던 소녀였죠. 1883년부터 1887년까지 르누아르는 수많은 작품에 그녀를 등장시켰어요. 캔버스 안에서 소녀는 화사하고 따뜻하고 푸릇해요. 그런데 이상하게도 소녀가 직접 그린 자신은 그렇지 않죠. 붓에 힘이 생길수록, 자신의 일상과 거울 속 얼굴을 있는 그대로 묘사하기 시작해요. 욕망하는 대상으로서가 아니라, 어떤 것에 대한 탐닉이 아니라, 그것이 생긴 그대로요. 가장 일상적인 예술이 가장 위대한 예술이니까요.
　"옥스퍼드에서는 그 논문을 받아들이려고 하지 않았어요."
　고개를 저으며 잇는 초희의 말에 민혁이 흥분한 목소리로 말했다. 취기가 약간 섞여 있었다.

"제가 감독님 논문을 읽으면서 영어가 얼마나 많이 늘었는데요. 세상에 없었으면 서운할 뻔했어요."

"헛공부했네요. 그림 공부하려면 논문이 아니라 그림을 보러 가야죠. 발라동의 진짜 그림들은 리옹이나 낭시에 있어요."

초희도 불콰해진 얼굴로 민혁을 바라보며 말하고 있었다. 더 이상의 말은 삼가야 한다는 통제력이 발동하는 중이었지만 그럴수록 마음이 자꾸 무너져 내렸다. 둘의 주변으로 사람들 웅성거리는 소리가 어느 순간부턴가 방해조차 되지 않았다.

초희는 자꾸만 멀어지는 정신을 붙잡아 오려고 노력했다. 호의가 착각으로 이어지면 안 된다는, 일종의 의지였다. 물론 의지는 다른 의미로 민혁이 발동시키는 것일 수도 있었다. 앞에 있는 사람이 윗사람이라는 것을 잊지 않겠다는 의지. 그러니까 초희가 상상하는 종류의 마음이 아니라, 감독이 어떤 사람인지 알고 싶은 단순함이 담긴, 작품에 대한 더 정확한 정보를 얻으려는 의지. 탐구력을 불태우려는 의지.

"풍만한 가슴을 드러내며 관객을 매혹하는 모습이 아니라, 목욕하러 들어가는 나체의 울퉁불퉁한 몸 그대로.

르누아르의 환상과 따스함을 비웃듯, 날 것 그대로. 그것이 그에게는 삶이자 예술이었겠죠. 삶이 예술이듯이."

민혁이 초희 쪽으로 조금 더 얼굴을 들이밀었다. 2700켈빈 정도 될 것 같은, 이 스탠드 불빛 때문인가, 민혁의 얼굴이 조금 더 붉어졌다. 민혁이 제 얼굴을 초희의 얼굴에 가까이 들이밀었다. 그러더니 말했다.

"감독님은 자기 색을 정확히 알아요. 세상이 파스텔톤이 아니라는 것도 알고요. 그건 저에게 미술을 향한 시선이에요. 수잔 발라동의 색처럼."

"다 어디서 공부해 왔어요?"

"감독님 논문에서요."

초희는 그렇게 말하는 민혁을 응시했다. 세상의 모든 일이 정말 의지로만 되는 걸까. 내가 원하지 않지만 벌어지는 일이 세상에는 얼마나 많으며, 또 그런 것들이 방향을 바꾸며 애초에 내 것이 아니었던 의지를 내 것으로 만들게 하는 것 아닐까.

"나는 내 삶을 지키려고 필요한 모든 고집을 가지고 그림을 그린다. 수잔 발라동의 문장이에요."

초희가 말하자 민혁이 고개를 끄덕였다. 초희는 이미 바짝 붙어 있는 민혁의 얼굴에 더 가까이 얼굴을 붙였다.

민혁이 물러나지 않았다. 초희는 무슨 말인가를 실수, 아니 의지에 의해 할 수 있을 것 같았다.

'혹시'.

초희가 망설이는 동안 민혁은 초희를 향해 환히 웃더니, 일어나 가게 입구를 향해 걸어갔다. 초희는 그런 민혁을 멍하니 바라보고 있었다. 초희는 묻고 싶었다. 혹시, 그런 것이 민혁 씨가 말하는 의지인가요? 그렇게 묻는 대신에 민혁을, 민혁이 하는 행위를 감각 없이 보고 있다가, 그가 하고 있는 게 음식값을 치르는 일이라는 걸 비로소 깨달았다.

그제야 급하게 따라 나갔지만 민혁은 계산을 마친 후였다.

"제가 내야 하는데요."

초희는 멋쩍어 웃으며 말했다.

"법카예요."

초희는 민혁을 보고 있다가 웃음이 터져 버렸다.

"어디서 났어요?"

"부감독님요. 감독님 모시러 가라시면서 야근하러 들어오실지도 모르니까 챙겨 가라고 하셨어요."

그렇게 둘은 식당 밖으로 나왔다. 불이 밝혀진 전시장

을 바라보며, 초희와 민혁은 환한 빛이 있는 그쪽을 향해 천천히 걸어갔다. 민혁이 초희에게, 리옹에 가 봤느냐고 물었고, 초희는 거기까지 가 본 적은 없다고 말했다. 가본 적도 없는 사람이 거기에 있는 발라동의 그림을 평가할 자격이 있느냐고 민혁이 물었다. 초희는, 역시 세상은 의지에 넘치는 가짜들이 만드는 곳이라고 말했다. 민혁은 그 말에도 크게 소리를 내어 웃어 주었다.

"그러게, 모든 게 의지의 문제였네요."

민혁이 뱉은 문장이 야외 주차장 허공에 풍부한 음량으로 퍼져 나갔다. 만춘의 어둠은 바람에 일렁거렸고, 지나가는 사람들이 없어 주위는 한적했다.

＊

초희는 출근 댓바람부터 재연을 찾았다. 재연은 초희가 윤재에 대해 이야기하고 싶어 한다고 생각했는지 걱정 가득한 얼굴로 찾아와서는, 우선 미안하다는 말을 전했다. 윤재에게 초희의 일을 사사건건 이야기해 주지는 않았고 윤재가 알려 달라 사정하는 것에 한해서만 몇 번 알려 준 적이 있다는 거였다. 괜찮다고, 초희는 간단히 대답했다. 재연을 찾은 이유가 윤재 때문은 아니었으니까.

"그런데 말이야."

초희의 말을 들으며 재연은 안심하는 표정으로 들고 있던 커피를 한 모금 마셨다. 초희가 말을 이었다.

"경빈이 요즘 여자 친구 생겼다고 했잖아. 이설이? 황보이설?"

"말도 마. 이설이랑 결혼할 거래. 다행인 건 요즘 경빈이가 이설이 덕분에 어린이집 가는 걸 너무 재미있어 한다는 거야."

"순수하다. 우리도 그럴 때가 있었겠지. 우리 나이에 그게 가능이나 하겠어?"

재연은 커피를 다시 한 모금 마시며 말했다.

"경빈이 키워 보니까 남편도 남자로 보이지를 않고. 나도 썸 타고 결혼하는 연애 다시 해 보고 싶다. 너는 뭐가 문제냐, 애 없지, 남편 없지. 연애 좀 해 줘. 나도 덕분에 대리 만족이나 하자."

재연은 초희의 얼굴을 한동안 살피더니 말을 다시 이었다.

"어제 윤재 만나 보니까 그런 생각이 드는 거야?"

초희가 손사래 쳤다. 재연이 흥미롭다는 얼굴로 초희

를 아직 바라보고 있었다.

"윤재는 무슨. 아냐. 그냥 순수한 사랑이 우리에게도 가능한가 싶다는 거지. 수잔 발라동도 결국 사랑을 찾아가는 사람이잖아."

얘기를 듣고 있던 재연이 고개를 끄덕였다. 발라동에 대한 이야기라면 이미 재연도 잘 알고 있을 터였다. 그래서 조금 더 하고 싶은 말의 맥락을 잘 꺼낼 수 있도록 초희는 방향을 틀어 보았다.

"발라동이 결국 아들 친구랑 결혼하잖아. 그때도 그랬는데 지금이야 뭐, 나이라는 게 뭐 그냥 숫자가 아닌가 싶기도 하고."

그 순간 재연은 초희의 어깨 너머로 시선을 주었다가 저런 '어린애들'을 말하느냐는 듯, 고갯짓하면서 초희를 향해 뚱한 표정을 지었다. 초희는 재연의 시선을 따라 고개를 돌렸다. 시야에 들어온 것은 소란스럽게 대화를 나누며 전시장 쪽으로 걸어 들어오는 인턴 무리였다. 재연은 천천히 고개를 저으면서 또박또박 말을 건넸다.

"야, 쟤네 중에 발라동 남편 같은 애가 있겠니? 쟤네는 우리랑 완전 달라. 작품 캡션에 들어가는 기본값이 다르다고. 쟤네 정신 사나운 거 봐라. 어딜 봐서 사랑할 대상이니. 그냥 몸만 큰 애들이지.”

초희가 무리에서 가장 나중에 전시장 안으로 들어오는 민혁을 발견하고는 몸을 숨기듯 조금 움츠리면서도, 여전히 고개를 돌리지 않은 채로, 재연을 향해 답하듯 말했다.

“아니 그래도, 적어도 쟤네랑 우리는 관심사가 비슷하잖아.”

비밀을 이야기하는 것처럼 목소리 톤마저 조금 낮아져 있었다.

“관심사가 비슷하면 다 사랑을 느끼냐? 뭔 말도 안 되는 소리야. 그래, 나도 널 사랑한다. 친구야. 이제 그만 노닥거리고 일이나 하러 가시지요, 감독님.”

그렇게 말하며 재연은 먼저 의자에서 몸을 떼어 냈다. 초희는 여전히 인턴 무리에서 시선을 떼지 않은 채였다.

✦

점심시간이 다가왔을 때 초희는 재연에게 도시락을 제안했다. 재단 직원들이 한데 모여 점심 먹는 자리를 만들어 보면 어떻겠냐고 말을 덧붙였다. 재연은 의외라는 눈초리로 초희를 바라봤다.

"팀 내 사람들이랑 일부러 식사 자리 마련하고 그러는 거, 유대감 증진이니 뭐니, 말만 좋은 거라면서요?"

부임 초에 초희가 재연에게 한 말이었다.

"그렇기야…… 하죠."

지금이라고 생각이 다르지도 않았다.

"그런데요?"

재연은 퉁명스럽지만 친밀감이 느껴지도록, 묻지만 묻는 것처럼 보이지 않는 말투로 말을 던졌다. 기분이 적당히 전달되도록 하는 재연의 화법은 모난 데가 없었다. 그 덕에 대답할 말이 부쩍 없어졌다.

"아니 뭐, 그래도 살다 보면 그런 게 필요한 날도 있고……."

여전히 별일이라는 표정으로, 그래도 감독의 의견을 영 무시하지는 않으면서, 재연은 곧바로 인턴들에게 의향을 묻고 오더니, 점심 도시락으로 좋을 메뉴를 물었다. 메뉴는 중요한 것이 아니었다. 초희로서는 아무거나, 정말이지 아무거나 먹어도 괜찮았다.

인턴 한 명이 와서 초희에게 밖으로 나오라고 사인을

보낼 때까지, 초희는 최근 몇 년 동안 한국의 비엔날레가 출품한 작품들을 살피고 있었다. 테헤란부터 말라가까지, 광주부터 바하왈푸르까지, 이제 한국의 비엔날레가 뻗지 못할 곳이 없는 것 같았고, 그러자 자신이 구현하고 싶은 공생이라는 것이, 시대를 공유하는 세상의 작가들과 공존하는 방법을 찾는 일이 아닐까, 하는 생각이 들었다.

지금의 세대에서 공생은 굳이 환경이나, 생태 담론, 페미니즘, 사회 통합같이 거대한 주제에서 얻는 교훈일 필요 없이 각자 다른 세계관을 가진 작가들의 미시적 공간을 얽어 새로운 융합을 도모하는 모든 단계의 과정, 그리고 그 과정의 끝에 그들이 결국 전시장 안에서 함께 존재함으로써 자연스레 빚어지는 조화 같은 건 아닐까.

초희가 그런 생각을 하는 동안, 민혁은 초희의 사무실이 훤히 보이는 잔디 안과 밖을 오가며, 돗자리를 깔고 있던 거였다. 그 시간 내내 요하네스 브람스의 인터메조 118번이 사무실 곳곳을 채우고 있었다. 초희가 이야기를 전해 듣고 밖으로 나갔을 때, 돗자리 위에 다 같이 앉아 있던 인턴들과 재단 직원들은 환호했다. 감독님 오십니다, 누군가 그렇게 말해 초희의 등장이 갑자기 모두의 이목을 끈 거였다. 감독의 등장이 반갑다기보다는 이제 밥을 먹어도 된다는 신호 때문일 터였다. 그 틈에 초희는 슬쩍 자신이 지금껏 앉아 있다 나온 사무실을 들여다봤다. 봄빛에 반사되어 안쪽이 다 들여다보이지 않았지만 초희가 뭘 하고 있는지는 충분히 가늠할 수 있었을 것이었다. 이들에게 나라는 존재는 어떻게 느껴질까. 초희는 문득 궁금해졌다.

겸연쩍은 마음에 초희는 달려가듯 재연의 옆 비어 있는 자리에 얼른 앉았다. 그제야 보이는 사람은 초희의 맞은편에 앉아 있는 민혁이었다. 돗자리 위에는 열두 명의 직원이 둥글게 띠를 이루고 앉아 있었고, 민혁은 둥그런 원에서 초희와 가장 멀지만 정면으로 보이는 곳에 앉아 도시락을 살펴보는 중이었다. 옅은 구름이 끼어 하늘이 푸르기보다 흰색에 가까웠고 잘 다듬어진 조경수의 그림자가 직원들의 머리와 어깨에 간간이 내려앉았다.

"편히들 드시죠."

초희의 말에 사람들이 도시락 뚜껑을 열었다. 재연이 민혁 쪽을 바라보며 말했다.

"그러고 보니 오늘은 민혁이랑 소희랑 안 붙어 있네?"

엉뚱한 재연의 말에 초희가 고개를 들었다. 사람들의 시선은 초희 맞은편 민혁과, 초희 왼편에 두세 사람 간격을 놓고 앉아 있는 소희에게로 분산되어 있었다. 재연의 말 때문이었는지, 소희의 얼굴이 금세 달아올랐다. 재연의 그 말을 소희도 민혁도 거부하지도 않았고 모두 웃고 넘기는 중이었는데, 이상하게 그중 단 한 사람, 초희만 다른 사람들은 눈치채지 못하게 기분이 가라앉고 있었다. 초희는 멀리 민혁을 응시했다. 민혁조차 표정에 웃음기가 섞여 있었다. 초희가 불만 섞인 팔짓으로 재연의 옆구리를 살짝 건드렸다.

　초희는 민혁까지 웃고 있는 그 순간이 아무래도 마음에 들지 않았다. 소희가 말없이 계란말이 하나를 입에 넣고 오물거리고 있었다. 둘 모두에게 이런 상황이, 혹은 이런 묘한 상황이 빚어내는 붕 뜬 분위기가 익숙한 것처럼 보였다. 인턴들은 몸만 큰 애들이라던 재연의 말이 기억났다. 어린이집 다니는 아들 경빈이에게 여자 친구가 생겼다는 이야기처럼, 재연은 그들의 관계를 그렇게 일종의 웃음거리로 치부하는 것 같았다. 오줌똥 묻은 기저귀를 갈아 주고 이유식을 먹여 기른 경빈이처럼, 민혁이 그저 몸만 컸지 마음은 아기라고 생각하는 것 같았다. 초희는 눈앞에 있는 제 도시락 속 옆구리 터진 김밥을 흘겨보았다. 오른편 인턴들 사이에 앉아 있던 사무국장이 웃음

섞인 목소리로 말했다.

"부감독님 그만해. 둘이 이어 주고 싶은 마음은 알겠는데, 그거야 둘이 할 일이고."

재연이 사무국장을 향해 말했다.

"사무국장님도 좀 이해하지 않아요? 나는 저 둘이 정말 잘 어울리더라. 잘됐으면 좋겠어."

사무국장은 여전히 허허 웃고 있었다.

"요즘은 이런 얘기 공개적으로 띄우면 안 돼."

"왜요? 나는 남편도 있고 애도 있는 거 다들 알잖아요. 나도 비밀스럽게 설레고 싶다."

사무국장이 요즘 부감독이 육아 스트레스에 못 하는 말이 없다고 말하자, 다들 유야무야 웃어넘겼다. 초희는 그 말을 듣는 게 편안하지 않았다. 재연과 같은 나이지만 남편도 없고 애도 없는 초희에게는 왜 아무도 농담조차 걸지 않는 걸까. 농담할 거면 모두에게 다 해야지, 민혁 씨가 우스운가. 그런 생각을 하는 동안에 민혁이 불쑥 말했다.

"저, 걱정 마십시오."

모두의 눈이 민혁에게로 쏠렸다. 재연이 가장 놀라는 것 같았다.

"애인 있었어, 민혁? 어디다 꽁꽁 숨겨 놓은 거야."

초희가 소리를 높였다.

"민혁 씨 벌써 스물여덟이야. 그만 놀려요."

놀라서였다. 재연은 굴하지 않았다.

"정보 좀 줘 봐. 재밌다, 민혁아."

거기까지 하라는 사무국장의 말에도, 재연이 굴하지 않고 물었다.

"남성의 성기가 나뭇잎으로 가려진 아담과 이브요. 머리카락을 엉덩이 아래까지 늘어뜨린 이브가 즐겁게 사과를 따 내는 중이에요. 낙원의 분위기는 평화롭고요, 그림 어디에도 죄책감으로 둘러싸인 어리석은 인간이 없어요. 자신들의 선택을 자책하거나 후회하지 않고, 이 사랑은 실수도 아니라는 거죠. 둘은 그저 사랑하는 거예요. 그걸 본 사람들이 하는 건 외면이에요. 말도 안 돼, 너희는 왜 아무런 죄책감 없이 사랑을 하지?"

그 말을 듣고 있던 초희가 풋 소리를 내며 웃어 버렸다. 민혁이 이야기하고 있는 그림은 지난밤에 초희와 이야기 나누었던, 파리의 미술관에 있는 아담과 이브였다. 수잔 발라동이 아들의 친구와 사랑에 빠진 과정에 대해, 두 사람의 열정과 대담함에 대해, 두 사람의 사랑이 파리

사회에 일으킨 논쟁에 대해, 가족들마저 차갑게 돌아섰으나 그 둘에게만은 진실이던 사랑에 관해, 민혁은 이야기하고 있는 거였다.

민혁이 이야기하는 사람이 수잔 발라동이라는 것을 눈치챈 건지, 재연은 흥미로운 눈으로 민혁을 바라보고 있다가 말했다.

"민혁이 진짜네."

톤을 높이던 재연이 초희와 눈이 마주쳤다. 이번에는 초희가 재연을 흥미로운 눈으로 바라보고 있었다. 재연이 어떻게 생각하는지 궁금한 초희는 재연에게서 눈을 떼지 않고 있었는데, 재연은 초희를 흘낏 보더니 할 말 없냐는 듯 턱짓하며 물었다.

"감독님 전공이잖아요. 심상을 풀이해 봐."

초희는 재연을 보고 있다가 문장을 던지듯 말했다.

"프라이버시라는데요."

재연이 뜨끔한 듯 자세를 고쳐 앉았다. 초희는 재연과 민혁을 번갈아 보다가 하늘을 향해 고개를 들었다. 멀리 비행기가 지나간 자리에, 자디잔 배기가스가 찬 공기를 만나며 옅고 하얀 구름 떼를 긋고 지났다. 갑자기 생각난 지난밤의 다른 순간이 있었다. 그 장면에서 초희는 민혁에게 말하고 있었다.

"사람들은 진실과 관련 없이 제 눈이 확인했다고 믿는 것들을, 자기가 보고 듣고 해석한 방식으로 전해요. 그러니 그 말들이 진실에 가까울 리는 없지 않겠어요. 발라동의 행동이 뻔뻔함으로 보인 이유이기도 하겠죠. 수잔 발라동의 그림이 이전의 세계가 모사해 온 아담과 이브의 한계를 넘어설 수 있었던 이유고요. 거짓말하지 말아라, 아담과 이브는 그저, 즐거웠다. 거기에 어떤 죄책감 같은 게 있었을 리 없다. 인간에게 죄책감을 부여한 건, 그 상황에 죄책감을 느껴야 한다고 믿었던 화가들일 뿐이다."

그렇게 말하던 초희의 입술을, 전구 빛이 밝힌 민혁의 얼굴이 들여다보면서 밝게 웃고 있었다.

초희는 도시락 뚜껑을 덮었다. 더 안 먹느냐는 재연의 말에, 초희는 배가 별로 고프지 않았다고 말한 후에, 따로 먹고 정리하겠다고 말하며 도시락을 들고 안으로 들어갔다. 대신 초희는 잠시 후 사무실에서 머그잔에 커피를 가득 채워 들고 바깥으로 다시 나왔다. 휘트니 뮤지엄에서 사 온, 호퍼의 <벽돌공의 커피브레이크>가 새겨진 머그잔을, 초희는 민혁의 눈에 띄게 놓아두었다. 그가 알아볼 수 있든, 그렇지 않든.

사랑을 테마로 시작한 이야기는 수잔 발라동의 미술 세계로 번져 갔고, 그 이야기는 다시 내년 비엔날레의 주제로, 인턴들의 계약 기간이나 처우 같은 주제로 꼬리를 물었다. 민혁의 이야기는 어느 샌가 뒤로 숨어 버렸고 누구도 더 이상 그것을 다시 주제로 꺼내지 않았다. 그 자리의 모두에게는 이야기가 나온 후에 겨우 20분 만에 중요성을 잃어버릴 주제였겠지만, 초희에게는 도시락 먹는 시간이 끝날 때까지 머릿속에 잠겨 있었다. 머그잔에 채운 커피를 다 마셨을 때 초희는 더 이상 소희를 의식하지 않았고, 그것으로 스스로 안정되었다는 사실을 깨달았다.

✦

이사장은 '그 말도 안 되는 주제'를 비엔날레 테마로 하겠다는 재단 '전문가들'의 전문성을 여전히 우습다고 느끼는 것 같았지만, 그것을 인정하지 않겠다는 말은 더 이상 하지 않았다. 이사장이 보낸 이메일에는 초희가 몇 달 전부터 피력했던 주제에 관한 자신의 생각이 짧게 적혀 있었다. 공생의 테마에 세대, 남녀, 지역 차별 등을 함께 넣으면 어떻겠냐는 거였다. 그 행위가 바로 '윤허'를 뜻한다고 재연은 말했다. 결국 그렇게 이사장에게 한번은 직접 보고해야 미술 전공이 아닌 자신을 무시하지 않는다는 신호로 읽었을 거라고, 재연은 어깨까지 으쓱이며 말했다.

"잘했어, 표 감독님. 사실 주제가 뭐였든 상관없었을걸?"

정말 대단한 처세술이라고, 초희는 생각했다. 이사장을 방문하라고 했던 사람도, 기차표를 끊어 구주에 가게 했던 사람도, 아무 말이라도 그냥 듣고 오면 된다고 말했던 사람도 재연이었다. 이런 것도 공생 아닌가. 세상의 모든 관계는 이렇게, 악어와 악어새처럼, 흰동가리와 말미잘처럼, 다양하고 이상한 방식으로 공생하는 것 아닐까. 그런 생각을 하며 오후를 보냈다. 살짝 열어 둔 창문 바깥에서 안쪽으로 바람이 서글거리며 자주 불었다.

다들 퇴근했을 무렵 초희는 세모창작소를 찾았다. 이제 막 어두워지기 시작하는 시간이었고, 창작소 안쪽으로는 명도가 낮은 불빛이 천장에서부터 흘러내리고 있었다. 민혁이 멈춰 서서 착실한 눈빛으로 수빈과 그의 가족에게 겨든당을 설명하던 곳에는 바닥 한쪽으로 작고 힘찬 빛이 모여 있었다. 그 빛이 만들어 내는 둥그렇고 환한 구멍을 초희는 손으로 쓰다듬었다. 초희의 손끝에 매끈하면서 뭉툭한 질감이 느껴졌다. 잘리고 밀리며 필요한 모양으로 다듬어진 나무라도 속살을 숨길 수 없는 모양이었다. 잘고 짙고 동그란 무늬들, 죽은 후에도 활동하는 것처럼 보이게 만드는 나이테의 흔적들, 자재로 쓰이기 좋은 담갈색 나무줄기와 자재로는 쓰기 힘든 담황백색 나무껍질이 섞여 이곳의 바닥은 그 자체로 하나의 조각 작품 같았다.

문이 열리는 소리에 초희는 고개를 들었다. 초희가 이곳에 있을 줄 알았다는 듯 전혀 놀라지 않는 민혁이 그곳에 우두커니 서서 초희가 있는 안쪽을 들여다보고 있었다. 왔냐고 묻는 초희에게 민혁은, 의미심장하지만 엉뚱하게 높아진 톤으로 말했다.

"말했잖아요. 의지의 문제라고요."

입술이 힘없이 터지며 웃음이 나왔다. 그의 의지는 무엇을 향해 있을까, 아니 스스로 의지가 어디를 향해 있는지 알고는 있는 걸까. 초희는 민혁에게 두려워하는 마음을 들키고 싶지 않았다. 민혁보다 나이도 더 많으니까, 민혁보다 세상 경험도 더 많고, 민혁보다 더 어른스러워야 하니까, 아니 어른이니까.

"의지는 늘 두려움을 동반하는 거, 민혁 씨는 알아요?"

불쑥 튀어나온 초희의 말에 민혁은 답이 없었다. 침묵에 삼켜진 것처럼 시간이 흘렀다. 이런 상황에서 어른으로서 초희가 할 수 있는 건, 치사하게도 말뿐이었다. 어른들이 말이 많은 건 이유가 있지. 어색하게 자리잡은 침묵을 깨기는 해야겠고, 화가 난 건 절대 아니라는 걸 확인시켜 주고 싶고, 그러니 할 수 있는 게 말뿐이라는 사실은 차라리 강박에 가까웠다.

"비엔날레가 공생을 주제로 한다면, 이곳 전시는 인간과 예술의 공생을 테마로 꾸려 볼까 해요. 윤일문 선생님이 그러신 것처럼, 예술과 인간이 서로 그리워하는 공간. 겨든당은 그런 공간이니까요. 어때요?"

초희는 말하며 생각했다. 아무렴, 말도 안 되는 일이라고 민혁에 대한 자신의 감정쯤 통제 가능한 것이어야 하니까. 자신의 인생에 지나간 사람이 얼마나 많은가, 지금은 이름조차 기억나지 않는 사람도 얼마나 많은가, 인연을 만드는 것만큼 신중해야 하는 일이 또 있을까. 그런 마음으로 민혁을 바라봤다. 천장에서 내린 빛이 민

혁의 이마부터 입술까지, 그의 얼굴을 보듬듯 내려앉아
있었다.

"소희는 제 친동생 같은 후배예요."

민혁이 말했다. 이런저런 상황을 고려하다가, 그 상황
에 알맞은 문장만 쓰려고 노력하는, 가짜 어른 초희보다
민혁은 훨씬 깊고 용기 있는 사람이었다. 민혁이 초희를
향해 손을 내밀었다. 그러더니 초희의 손을 잡아 천천히
그 작고 분명한 빛이 고인 곳으로 데려갔다. 민혁의 손은
단단했다.

"리옹에 같이 가면 어때요? 그곳에서는 발라동의 그
림을 마음껏 볼 수 있어요."

초희는 그렇게 말하는 민혁의 얼굴을 올려다봤다. 그
의 얼굴 위로 빛의 층위가 겹겹이 겹쳐 빛끼리 결은 것
처럼 보였다. 이제 많은 것이 변하게 되리라는 것을 초희
는 그 순간에 깨달았다. 그게 좋은 일인지, 나쁜 일인지
초희로서는 알 수 없었다. 그렇게 알 수 없는 순간에 할
수 있는 거라곤, 그저 마음 가는 대로 하는 것뿐이었다.
초희는 민혁의 손을 잡은 제 손에 힘을 주며, 민혁을 향
해 말했다.

"이것은 누구의 것도 아닌, 나의 의지예요."

중세 시대에 사랑이라는 감정은 신분이 높은 사람들만의 것이라고 여겨졌다. 먹고살기도 바쁜 시대에 사랑을 느끼는 건 가당치도 않은 일이었다. 쉽게 설명되지 않는 감정은 인간의 생각을 복잡하게나 만드는 거니까. 그래서 글도 노래도 그림도 조각도 귀족에 의해 먼저 쓰이고 불리고 만들어졌다. 그들은 복잡한 것을 복잡하게 생각할 여유가 있었으니까.

세모창작소가 의지하고 있는 언덕을 천천히 돌아 전시장 본관까지 산책하며 초희는 민혁과 이런저런 이야기를 나누거나, 아무 이야기도 나누지 않았다. 흘러나오는 복잡한 감정에 관해 이야기해 봐야 남는 것이 없을 터였다.

그런 생각을 하고 있을 때, 멀리 전시장 뒤편으로부터 걸어 나오는 그림자 둘이 있었다. 그 두 사람이 누구인지 민혁보다 초희가 더 일찍 알아챈 것이 다행이라면 다행이었다. 그 둘에게 민혁은 '어떤 어린애'일 뿐이었다. 이상하게 꾸민 경차를 끌고 다니는, 어떤 어린애. 초희는 그들이 민혁을 그렇게 기억하게 두고 싶지 않았다. 조금 더 솔직히 말하면, 초희가 민혁을 그들과 같은 마음으로 마주하게 될까 겁이 났다.

재연과 윤재는 차츰 주차장을 향해, 그러니까 초희와 민혁이 있는 곳을 향해 걸어오고 있었다. 초희의 걸음이 느려진 것을 알아챈 민혁이 초희의 시선을 따라 앞을 바라봤다가 잠시 생각에 잠기는 것 같았다. 민혁은 걸음을 재촉하지도, 그렇다고 멈춰 서지도 않았다.

이윽고 네 사람이 서로의 표정을 볼 수 있을 만큼 가까워졌다. 재연은 초희와 민혁을 발견하고는 멈춰서더니, 두 사람을 번갈아 보며 말했다.

"몸이 좀 피곤한 것 같더니, 어디 다녀와?"

재연의 목소리는 긴장할 때처럼 약간 흥분되어 있었다. 초희는 가로등 불빛이 비춘 윤재의 얼굴을 똑바로 바라보면서 민혁의 옆으로 조금 더 가까이 다가갔다.

"산책 좀 했어."

초희의 말을 들으며 윤재는 시선을 돌려 민혁을 바라보고 있었다. 그 장면을 초희는 놓치지 않았다. 자신이 보고 있다는 사실을 윤재에게 알려 주듯이 정확한 눈빛으로, 윤재를 살폈다.

"윤재가 저녁을 먹으러 왔는데, 너 사무실에 있느냐고

물어서."

재연의 문장을 윤재가 날카롭게 끊어 내듯 말했다.

"경차 친구네?"

그 말을 듣고 재연이 마치 초희를 대신해 변명하듯 말했다.

"아, 여기는 같이 일하는 인턴인데……."

재연의 말을 자르며 초희가 윤재를 향해 말했다.

"오민혁 씨야."

윤재가 그렇게 말하는 초희를 바라보고 있었다. 재연이 일부러 웃는 모습이 마치, 서로 긴장하지 말자고, 둘은 무엇도 아닌 사이라고 변명하는 것처럼 보였다. 그 와중에 윤재의 눈은 민혁과 초희 사이에 고정되어 있었다. 거의 부딪칠 것 같은 두 사람의 손 사이에, 얼마 남지 않은 간격에, 짙게 깔린 어둠 속에서도 윤재의 눈은 고정되어 있었다. 이상하게도 그 순간 초희는 그것으로 되었다고 생각했다.

재연은 그 상황이 아무것도 아닌, 어떤 인과관계도 없는 상황인 것처럼 큰 소리로 웃고 있었다. 초희는 그것이 앞으로 재연과 재단 사람들이, 세상 사람들이 민혁과 자신의 관계를 해석하는 방법이 될 거라고 생각했다. 그러

나 그 순간에, 단 한 사람 윤재가 두 사람 사이에 막 피어
나기 시작한 시간의 형체를 들여다보고 있다는 사실이 초
희를 안심시켰다. 초희에게 그것은 용기였고, 의지였으
며, 그런 마음이라면 괜찮다고, 초희는 생각했다.

에필로그

전시의 주제는 공생이었다. 교수가 된 후에 여은경이 아주 많이 생각하는 단어였다. 완전히 다른 목적으로 대학에 들어와, 완전히 다른 성향을 보이면서도, 이런저런 이유로 한데 모여 함께 수업을 듣게 된 학생들과 매번 어떻게 시간을 공생해야 하는 걸까. 지식을 물려주는 식의 대학 교육은 인공지능 시대에 의미를 잃었고, 여은경은 자신과 그들의 시간이 낭비되지 않는 방법을 늘 강구하고 있었다.

그래서 어느 날 강의를 마치고 나오는 길에, 복도에 붙은 공지 게시판에서 한쪽이 떨어져 나가 팔랑거리는 비엔날레 포스터를 우연히 발견했을 때, 여은경은 연구실로 가려던 몸을 틀어 비엔날레로 향했다. 예술은 새로운 시선을 던져 주고, 사람의 생각을 환기시켜 주며, 이런저런 부딪힘 속에서 사람은 새로운 방향을 찾아가기도 하니까.

이미 늦은 오후라 본 전시장까지 가기에는 시간이 부족할듯하지만, 비엔날레 전시장으로 쓰이는 세 곳 중 학교와 가깝고 외관이 독특하게 느껴지는 세모창작소를 찾아가기에는 충분했다.

세모창작소는 주택가가 모여 있는 마을의 경사진 언덕을 올라야 등장했다. 몇 걸음 걷지 않았는데 여은경은 벌써 거친 숨을 몰아쉬고 있었다. 체력이 부쩍 부족해진 탓이겠거니 싶었다. 운동을 좀 해야겠다는 생각이 들었고, 그만한 시간이 규칙적으로 생기지 않는 현실에 좌절감이 들었다. 그렇게 언덕 끝에 다다랐을 때, '겨든당'이라는, 이곳의 원래 이름이 목판에 새겨진 채 표지판처럼 붙어 있었다. 전시장 외관이 마치 지금도 사람이 사는 집인 양 덩그렇고 무던했다.

열린 문을 살짝 밀어 안으로 들어가자 갑작스러운 고요가 은경을 가뒀다. 평일 오후 전시장에는 사람이 드물었고, 침묵은 외부와 이곳의 완벽한 경계를 갈랐다. 은경은 몇 초 동안 가만히 서서 제 몸을 침묵에 적응시켰다.

그러곤 앞으로 나아갔다. 눈앞에 일곱 국가에서 각기 다른 모습으로 사는 작가들이 자신들이 사는 곳과 완전히 반대쪽에 있는 국가에서 영감을 받아 만든 작품들이 전시되어 있었다.

천천히 걸어 작품을 살피다가 오른편 가장 끝에 놓인 아프리카 작가의 작품에서 막 빠져나왔을 때, 여은경은 초여름 햇살이 부려 놓은 빛이 모인 마룻바닥 위에 멈춰 섰다. 그러고선 구두를 햇볕에 대어 발끝에 온기를 받았다.

빛이네.

은경은 혼잣말을 내뱉었다.

전시관 안으로 들어오는 사람이 한 명 더 있었다. 중산에 출장을 왔다가, 구주로 돌아가는 기차 시간을 기다리고 있던 최민선이었다. 막 세모창작소 안쪽으로 들어온 최민선은 먼저 온 관람객에게 방해되지 않도록 발소리를 죽이며 홀을 가로질러 갔다. 작품을 관람 중이던 여은경이 바닥을 주시하는 모습이 마치 작품을 보는 것 같았다. 최민선이 다가가자, 안쪽으로 더 와도 좋다는 뜻으로 여은경이 자리를 살짝 비켜섰다. 멀리서 다가온 빛이, 흐리지만 확연한 모습으로 둘 사이에 존재했다. 빛의 둘레에는 짙은 색의 호두나무 판재와 뒤섞인 잔광이 돌았다. 먼 곳에 있는 빛은 손에 잡히지 않았지만, 마루에 끊임없이 제 흔적을 남기고 있었다.

그 빛을 마치 작품인 것처럼 감상하는 두 사람을 표초희가 멀리서 지켜보고 있었다.

그곳의 공기를 함께 들이켜며, 천장에서 쏟아지는 빛을 받으며, 같은 시간을 사는 80억 인구 중 어떤 우연에 이끌려 이렇게 함께 서 있는 줄 모른 채, 겨든당 한쪽에 서서 그들은 숨을 나눴다.

겨우 수 분이었을 뿐이고, 그 시간이 끝난 후에 그들은 다시 각자의 자리로 돌아갔으며, 앞으로 그들이 우연히 서로 만났던 시간을 기억할 수 있을지 모를 일이다. 아니, 아마 기억하는 것이 이상할 일일 터였다.

그렇다고 해도, 바로 그 시간만큼은 오후의 밝고 깊은 빛이 한동안 그들 셋을 따라다니며 유영했다.

작가의 말

이 책의 초고를 쓸 때 말 그대로 정말 재미있던 기억이 난다. 책의 큰 줄기가 정리된 뒤에 다른 원고들을 쓰는 사이사이 이 책에 실릴 소설을 한 부 한 부 써 나갔는데, 이 원고를 잡을 때마다 속도가 너무 잘 붙은 탓에 쓰면서 내심 걱정했다. 진짜 좋은 소설은 한 땀 한 땀 쓰는 거라고 생각했는데 소설 쓰기가 이렇게 재미있어서야. 그럼에도 아침에 눈을 뜨면 어제 쓰다 멈춘 부분의 다음을 얼른 잇고 싶어 책상 앞으로 달려갔다. 쓰는 내가 이토록 재미를 느끼는 소설을 써도 될까 싶었고, 이런 글을 쓰다가 누군가에게 혼이라도 날 것 같았다.

　책을 다 쓴 이 순간에 돌이켜 보면 소설을 쓰는 일은

늘 내게 그랬다. 억척스러운 생활인인 나를 능청스러운 괴짜나 멋진 외톨이로 만들어 주는, 내게는 다만 경험하는 것으로 충만한 일. 이런 마음이면 소설을 책으로 묶어 내도 되겠다고 생각했다.

이야기의 주제를 밖으로 꺼내 놓을 수 있는 인물들은 일하는 사람들이었는데, 이왕 일하는 사람들을 무대 위로 올릴 거라면 굵직한 경계에 서 있는 사람들이 좋겠다고 생각했다. 그러다 보니 내가 불러낸 이들은 고위직, 권력을 지닌 여성이 되었다. 이미 특별한 사례가 아닌데도 그들은 여전히 안줏거리가 된다. 나는 어째서 그들의 대부분이 권력을 밖으로 분출하지 않고 기꺼이 초연해지는지 궁금했고, 소설의 인물과 함께 실험해 보고 싶었다.

책을 쓰는 동안 눈에 보이지 않는 질서와 그것의 전복에 주목했다. 질서 안으로 들어갈수록, 원하거나 원해진 탓에 인물들은 중심에서 멀어졌다. 자기 앞에 놓인 질서를 끊임없이 파헤치며 고민하는 사람들, 어떤 모습으로든 결국 자기 자리에서 한 발 떼어 나아가지 않을 수 없는 여러 모습을 그려 보고 싶었다. 그것은 이 이야기를 쓰는 사람으로서 내게 주어진 정체성이기도 했다. 무엇보다 이 문제를 고민하는 것은 우리가 사는 사회와 사람들을 두루 보듬는 일이라고 나는 믿게 되었다.

이 소설에는 가족이나 지인들의 이름이 곳곳에 등장한다. 그들에게 이름을 쓰겠다는 허락을 얻었다. 그들의 이름을 인물에게 붙이자 실존하는 이들과 전혀 다른 모습으로 달려가 주어 나를 놀라게 했다. 그들 대부분에게 책이 완성되기 전까지 일부러 보여 주지 않았다. 깜짝 선물이 되었으면 좋겠다.

원고를 보낼 때마다 부지런히 글을 읽어 준 고나희 팀장이 있어서, 조금 더 용기를 낼 수 있었다. 덕분에 계속 쓸 수 있겠다는 희망을 자주 얻었다. 더불어 파주 회의실에 모여 생각을 도모해 준 앤드(&) 편집부, 추천사를 써 주신 두 분, 각자의 자리에서 책과 함께해 주신 이들께 감사의 인사를 보낸다.

여러 해 내가 쓴 초고를 가장 먼저 읽어 준 친구가 이번 이야기에도 동행해 주었다. 출산 전후의 상황에서마저 다음 원고를 내놓으라던 친구에게 고마움과 애정의 말을 남기고 싶다. 곁에서 함께하며 매 순간 다정을 나눠주는 사람에게 사랑을 건넨다. 하나의 이야기가 끝나는 순간 그가 내게 다음 이야기를 물어 준 덕에 지치지 않고 문장을 이어나갈 수 있었다.

같은 길을 가는 동료들, 함께 문학을 빚는 선후배들과 블러썸크리에이티브에도 감사의 말씀을 전한다. 내가 만든 문장을 읽고 리뷰를 써 주시는 독자들이 계셔서, 그 글을 읽으며 나는 다시 동력을 얻어 다음 문장을 써 나갔다. 소설 쓰는 사람이 되기 전에, 독자로서 나는 내가 소설을 마음대로 읽은 것 아닐까 걱정하곤 했었다. 그런데 소설 쓰는 사람이 되고 보니 소설은 원래 마음대로 읽는 것 아닐까 하는 생각이 든다. 작가의 손을 떠나는 순간에 소설이 더 멋진 질문으로 거듭난다면, 읽어 주신 분들 덕분이다.

더불어 독자로서 내게 그런 멋진 순간을 선물해 주었던 많은 책과 작가가 있어 나 역시 내 자리에서 독자들을 만날 수 있었다. 그 감정과 경험을 아로새기며 나는 또 이 자리에서 새로운 이야기를 계속 써 나갈 것이다.

2023년 가을

최유안

• 수잔 발라동에 대한 부분은 문희영 『수잔 발라동, 그림 속 모델에서 그림 밖 화가로』(2021, 미술문화)를 참고하였습니다.

치앙마이의 사원에서 창가에 서 있던 한 여자를 떠올렸다. 어둑한 사원 안에서 기도하듯 눈을 감고, 창밖에서 새어 들어오는 빛 안에 우두커니 서 있던 여자. 나는 그 여자에 대해 아무것도 모른다. 그가 어떤 경로를 거쳐 그곳에 있는지, 어떤 바람을 가졌는지. 그러나 잠시간 빛 속에 녹아들고 싶은 그 마음만은 어쩐지 알 것 같았다.

《먼 빛들》의 인물들은 치열하다. 때로 삶은 다정함조차 날카롭게 갈아 치열해지라고 외친다. 그렇게 갈아 낸 조각들을 갑옷처럼 두르고 바쁘게 뛰어야만 한다고. 그러나 아주 사소한 순간, 바닥에 맺힌 빛의 웅덩이를 발견하는 그런 때면 멈춰 서서 빛 속에 발끝을 가만히 넣어 보게 될 때가 있다. 한 박자 늦게 웅덩이 안으로 들어온 누군가의 발끝과 끝이 닿을 때, 빛은 각자의 것이자 모두의 것이된다. 《먼 빛들》을 읽는 것은, 멀지만 사라지지 않는 빛을 손톱 끝에 새기게 되는 일이다.

작가 범유진

《먼 빛들》은 소설이자, 문화계를 구성하는 전문가·행정가·실연자의 각기 다른 입장과 시각을 예리하고도 차분하게 묘사한 리얼 다큐이다. 조용하지만 담대하게 현실을 밟아 가는 대학교수, 정치적 조직 논리와 평범한 직업인 사이에서 고민하는 행정가, 자유로운 창작을 꿈꾸지만, 관가의 행정 논리에서 벗어날 수 없는 전시기획자. 문화계 사람이라면 누구든 자신의 이야기라고 할 법한 현실의 한 토막을 기가 막히도록 사실적이고 설득력 있게 끄집어낸다.

《먼 빛들》을 읽다 보면 어느 순간 책에서 빠져나와 현실적 자아를 만나게 된다. 여성으로서, 평범한 직업인으로서 세상에 먼저 틀을 세우고 포진한 사람들이 제 마음대로 구축해 놓은 기준에 어긋나는 순간, 그저 불순물 같은 존재가 된 것 같은 그런 느낌. 여성 직업인이라면 누구나 한 번쯤 겪어 보았을 정중하지만 무례하고, 부당한 폭력적인 현실을 그대로 옮겨 놓은 이 책은 바로 지금의 이야기다.

문화예술기획가 유경숙